長編時代小説

深川鞘《さや》番《ばん》所《しょ》

吉田雄亮

祥伝社文庫

目次

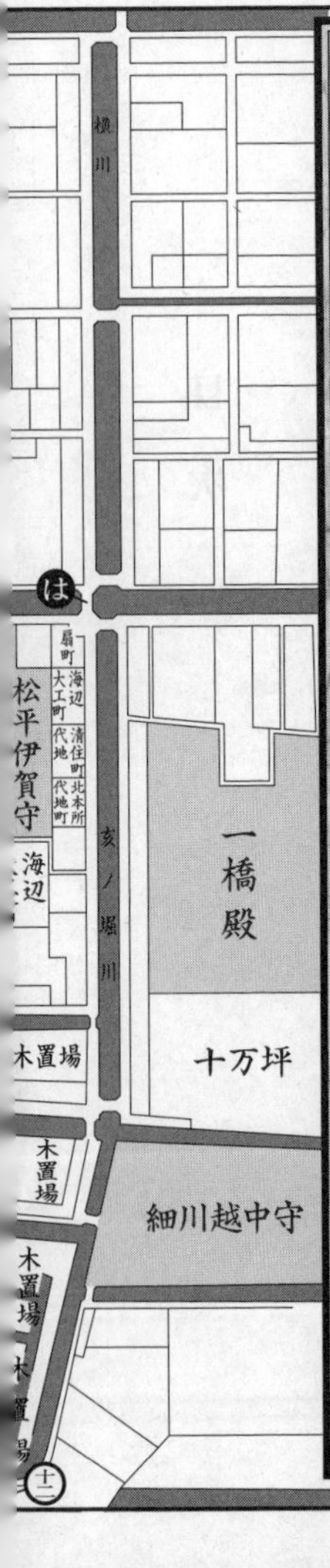

本所深川繪圖

一 深川大番屋（鞘番所）
二 靈巖寺
三 法苑山 浄心寺
四 外託殿堀（外託堀）
五 櫓下裾継
六 摩利支天横丁
七 馬場通
八 大栄山金剛神院 永代寺
九 冨ヶ岡八幡宮
十 土橋
十一 三十三間堂
十二 洲崎弁天

い 万年橋
ろ 高橋
は 新高橋
に 上ノ橋
ほ 海辺橋（正覚寺橋）
へ 亀久橋
と 要橋
ち 青海橋
り 永代橋
ぬ 蓬莱橋

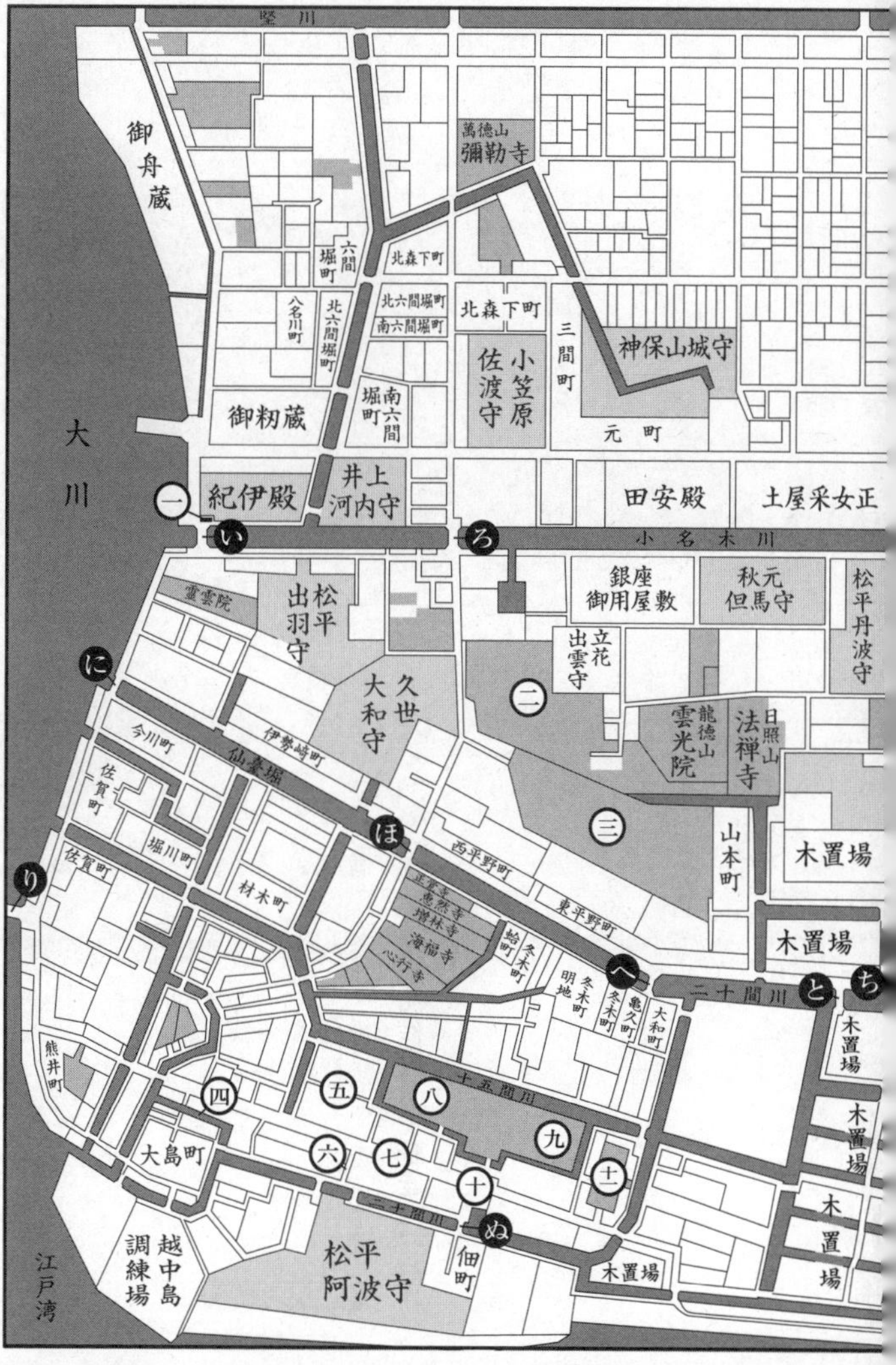

竪川
御舟蔵
萬徳山
彌勒寺
六間堀町
北森下町
八名川町
北六間堀町
北六間堀町
南六間堀町
北森下町
三間町
神保山城守
小笠原佐渡守
南六間堀町
御籾蔵
大川
元町
紀伊殿
井上河内守
田安殿
土屋采女正
一
い
ろ
小名木川
霊雲院
松平出羽守
銀座御用屋敷
秋元但馬守
松平丹波守
立花出雲守
に
久世大和守
二
龍徳山
雲光院
日照山
法禅寺
今川町
伊勢崎町
仙台堀
佐賀町
ほ
三
山本町
木置場
堀川町
西平野町
り
佐賀町
材木町
恵然寺
増林寺
海福寺
心行寺
東平野町
木置場
蛤町
冬木町
明地
冬木町
冬木町
亀久町
大和町
へ
二十間川
と
ち
木置場
熊井町
四
五
八
十五間川
九
木置場
大島町
六
七
十
十一
木置場
二十間川
ぬ
越中島調練場
松平阿波守
佃町
木置場
木置場
江戸湾

本文地図作製　上野匠（三潮社）

一章　無頼幇間《ほうかん》

一

五つ（午後八時）を告げる鐘が鳴り響いていた。

漆黒《しっこく》があたりを包み込んでいる。

浅草《あさくさ》・蔵前《くらまえ》の大店《おおだな》の建ちならぶ一画には異様な緊迫が立ちこめていた。

大戸を下ろした米問屋越中屋《えっちゅうや》の店先には同心、小者など三十数名の捕方が闇にまぎれて潜《ひそ》んでいた。

と……。

町家の蔭から現れ出たひとりの武士が越中屋に歩み寄った。

右手に風変わりな武器を提《さ》げている。

見ると、それは武具といえないもの、大斧《おおおの》であった。

武士は、大戸の前に立つなり、よばわった。

「北町奉行所与力、大滝錬蔵《おおたきれんぞう》である。米買い占《し》めの疑惑あり。踏み込む」

大斧を振り上げるや、いきなり大戸に叩きつけた。

派手な音を立てて、大戸の一枚が断《た》ち割られた。

それが合図であったのか、三十数名の捕り方たちが二方に散った。一手は裏手に散ったとみえた。残る一手は大滝錬蔵に向かって走った。

手に掛矢《かけや》をたずさえた数名の小者が錬蔵が一割りした大戸を、さらに叩き壊した。穿《うが》たれた大戸の割れ目から抜刀した同心数人が突っ込んだ。

錬蔵が悠然と入っていく。小者たちがつづいた。

土間から土足のまま上がり框《かまち》へ駆け上がった同心たちに錬蔵が命じた。

「米蔵だ。蔵へ走れ。戸を叩き割って、なかを改めるのだ」

うなずいた同心たちが走り去った。捕方の半数が後を追う。数名の捕方が表戸の備えについた。残る手の者が店から奥へと、要所を固めるべく散った。

寝衣のまま起き出してきた手代や下女たちが、捕方たちの殺気立った動きに度肝《どぎも》を抜かれたのか呆《ほう》けたようにへたりこんだ。

錬蔵は棒立ちとなった手代とおぼしき若い男に歩み寄った。

「主人の寝間はどこだ。案内《あない》しろ」

「ご勘弁を。この夜更けのこと、主人に叱られます」

喉《のど》にからまった声だった。つねづね主人の顔色ばかりをうかがう御店者《おたなもの》の性《さが》なのか、その場にそぐわないことばだった。手代は生真面目《きまじめ》な顔つきで頭を下げた。

「そうかい。主人に叱られる、ね」

にやり、とした。

手にした大斧を見つめて、ぼそりといった。

「こいつでぶっ叩かれると痛いだろうな」

手代の顔色が変わった。愛想笑いを浮かべた。

「ご案内いたします」

顔が引きつっていた。

「米の買い占めなどいたしておりませぬ」

寝床に坐った越中屋が、傍《かたわ》らに立った錬蔵を見上げて言い放った。

「北町奉行所与力といえども、夜中に押し込むなど無体な振る舞いでございましょう。北町奉行の依田豊前守《よだぶぜんのかみ》さまもご存じのことでございますか」

「罪人を捕らえるのにいちいち御奉行に許しを乞《こ》うていたら捕まる奴らも取り逃がし

ちまうよ。それとも、御奉行から米の買い占めの許認可でも得ているというのかい」

「それは」

「立ちな。米蔵のなかを調べりゃ、すべてわかるこった」

「御免蒙《こうむ》ります。米蔵を改めたかったら依田さまとともに御出役《しゅつやく》ください」

「そんな暇はねえ」

低く吠《ほ》えるや大斧を越中屋の膝の前に叩きつけた。

刃先が寝床を切り裂《さ》き、突き立った。

越中屋が悲鳴をあげてのけぞった。

錬蔵が大斧を持ち上げた。

越中屋が跳び上がって、はね起きた。

「米蔵へいってくれるかい。ありがとうよ」

錬蔵が不敵な笑みを浮かせた。


米蔵のなかに米俵が天井まで積み上げられていた。人ひとりやっと通れるほどの通路代わりの隙間《すきま》があいていた。

錬蔵は米蔵の表戸から入ってすぐのところに立って米俵の山を見上げている。

「大滝様、残る七つの米蔵すべてに米俵が詰め込まれております」

　走り寄った同心が告げた。

「そうかい。運びだしな。米買い占めの証《あかし》の品だ。奉行所に保管しなきゃならねえ」

「直《ただ》ちに手配いたします」

　同心が駆け去っていった。

「あまりの高値に米が買えずに飢え死にする者が出るって御時世に、越中屋、おめえンとこの蔵には米俵が山と詰まってらあ。飢饉《ききん》続きで世間じゃ米不足だって大騒ぎしてるのによ」

「それは」

「米の値が上がれば他の食い物の値も上がる。それにつれて暮らしに必要な物の値も鰻《うなぎ》登りに上がっていく。便乗して、値を上げるってやつよ」

「御奉行と、依田さまとお話しさせてくださいまし。それですべて落着いたします」

「そいつは無理だろうぜ。証の米俵つきで、事を洗いざらい表沙汰にしたんだ。下手《へた》なかばい立てをすりゃ御奉行の身が危うくなるんじゃねえのかい」

「それじゃ、おまえさまは依田さまとわたしのかかわりを承知の上で……」

　驚愕の目を見開いて見つめた越中屋に鼻先で笑って告げた。

「与力は一代限りの職だが、躰《からだ》が動く間はつづくお勤めだ。御奉行の首は何年かおきにすげ替えられる。そこんとこの読み違いさ。いっとくが」

　ぎろりと、二重《ふたえ》の大きめな、切れ長の目を細めて、見据《す》えた。

「おれは、今は依田豊前守の配下だが、禄《ろく》をいただき、しくじりがないかぎり子々《しし》
孫々《そんそん》の代まで勤め上げる家臣ってわけじゃねえんだぜ。守るは江戸の町人たちだ。そ
のために躰を張るのがお役目なんだよ」

「そんな馬鹿な、わたしはそれなりの話をしながら事をすすめてきたんだ」

「聞いても仕方のないこった。いさぎよくお裁きを受けるんだな」

「御奉行と、依田さまと話をしたい。手入れはその後だ。話だ。話をすりゃ済む事
だ。お咎《とが》めは、与力のあんたが受けるんだよ」

　激した越中屋が錬蔵に摑《つか》みかかった。襟を摑んで揺すった。

「往生際《おうじょうぎわ》が悪すぎるぜ」

　いうなり当て身をくれた。

　越中屋が低く呻《うめ》いて、その場に崩れ落ちた。

　翌日の昼近く、北町奉行所の中庭には米俵の山々が燦々《さんさん》と照りつける陽《ひ》を浴びて連

なっていた。山は十数余にも及んでいる。

十手片手の岡っ引き数名が立ち番をしていた。米俵の山を見上げて老岡っ引きが隣りの岡っ引きに小声で話しかけた。

「御奉行と越中屋の仲は、持ちつ持たれつの腐れ縁だという噂だぜ」

「そこよ。越中屋はしょっ引いて来て囚人置き場に引き据えてある。この米俵の量だ。買い占めをしてたのはあきらかだ。いずれ伝馬町《てんまちょう》送りになる。御奉行にしてみりゃ我が身がかわいいから、かばい立てはままならねえ。腹の虫はおさまらねえってとこだろうよ」

「大滝さまに八つ当たりってことになりそうだな」

「八丁堀《はっちょうぼり》きっての頑固者。こうと思いこんだら梃子《てこ》でも動かねえってのが大滝の旦那だ。どんな目にあっても意地は貫くだろうぜ」

「大滝さまは、江戸の町を、町人を守るのがおれの務《つと》めだとつねづねおっしゃっている。やたらと威張り散らすだけの与力、同心のなかでは唯一、町人の立場になって考えてくださるお方だ。何かあっちゃ困るんだがな」

「おれも同じおもいさ。けどよ、こちとら、たかが岡っ引きの身だ。ごまめの歯軋《ぎし》り。何もできねえやな」

「それもそうだが……」

老岡っ引きは目をしばたたかせて、肩をすぼめた。

そのころ、奉行の用部屋では依田豊前守と大滝錬蔵が向かい合って坐していた。

依田豊前守の顔面は怒張し、握りしめた手は小刻《こきざ》みに震《ふる》えている。

錬蔵は膝に手を置き、凝然と依田豊前守を見据えていた。

剣呑《けんのん》な気がその場にあった。

依田豊前守が睨《にら》みつけて告げた。

「何度も命じたはずだ。何かと不都合が生じる。たんなる噂かもしれぬ。越中屋の米買い占めの探索は控えるようにと申したであろうが」

「買い占めて米の値をつり上げるは暮らしに欠かせぬ諸々の品の値を上げる原因《もと》となる所業。飢饉つづきで町人たちの暮らしは困窮を極めております。このままでは打ち壊しもおきかねませぬ」

「そうなれば取り締まるだけのこと。首謀者を断首など厳罰に処すれば騒ぎはおさまる」

「異《い》な事をうけたまわる。とても御奉行のおことばとはおもえませぬな」

「おのれ、いわせておけば、許さぬ」

大滝錬蔵がせせら笑った。

「町奉行所は江戸の治安を守るが役目。騒ぎを未然に防ぐが最良の策のはず。いかに御奉行の命といえども米の買い占めを見逃すわけにはまいりませぬ」

「おのれ。わしは江戸北町奉行じゃ。わしの在任中は気儘《きまま》は許さぬ。大滝錬蔵、本日ただ今より昼夜廻り与力の職を解く。次なる職分はおって沙汰する。それまで八丁堀の組屋敷にて謹慎せよ。下がってよいぞ」

吐き捨てて顔を背《そむ》けた。

「は」

錬蔵は深々と頭を下げた。

二

三日後、錬蔵は永代橋《えいたいばし》を渡っていた。着流し巻羽織という八丁堀与力、同心の見廻りのときの出で立ちであった。

橋のなかほどまで来て、ふと足を止めた。江戸湾に停泊している千石船が目にとまったからだった。十数隻ほど碇《いかり》をおろしている。その千石船に多数の小船が群らがっていた。大川の河口に向かって何艘《そう》もの小船がすすんでくる。行き違って千石船に向かう小船も数多くみえた。

千石船が諸国から運んできた積み荷を江戸の町へ運び込む小船と、運び終え新たな荷を積み込むために向かう小船の群れとおもえた。

錬蔵は大川を遡《さかのぼ》る小船を追って、目線を流した。

新大橋、その先に両国橋《りょうごく》が見えた。両国橋の向こうには、ついさっきまで住み暮らしていた八丁堀の組屋敷がある。

散り急ぐ桜の花びらが水面に落ちた。流れにまかせて沈み、浮いて、また沈んで浮き上がっては揺れながら遠ざかっていく。

錬蔵は、いつしか花びらの動きにおのれを重ね合わせていた。いずれ、あの花びらのすべてが水中に没する。が、桜花は、その美しさを、消え去る、そのときまで誇りつづけていくのだ。

錬蔵は片頬に笑みを浮かせた。

昨日昼過ぎに、年番方与力笹島隆兵衛《ささじまりゅうべえ》がやって来た。依田豊前守が決めた錬蔵の新たな任務を伝えにきたのだった。

年番方与力は最古参で有能な与力が務めた。町奉行所全般の取り締まりを行い、闕《けつ》所《しょ》などで没収した金銭の保管、出納、各組の監督、同心各役の任免、町奉行不在の折りの緊急事態の処理まで担当した。ほとんどの与力は隠居するまで勤めあげるが奉行は任期が定められており、落ち度があれば一ヶ月で交代することもあった。町奉行にとって、いわば町奉行所の生き字引ともいうべき年番方与力は頼らざるを得ない人材であった。

年番方与力は江戸南北両町奉行所にそれぞれ二名配置されていた。

笹島隆兵衛は六十間近の老齢で、

――数年もすれば隠居されるであろう
といわれている最古参で、筆頭与力ともいうべき立場にあった。十年前、風烈《ほうれつ》廻与力として強風の日に発生した大火の現場へ出役し、落命した錬蔵の父、大滝軍兵衛《ぐんべえ》とは肝胆《かんたん》相照らす仲でもあった。

笹島隆兵衛が目をしばたたかせていった。

「長いものには巻かれろ、というではないか。なぜ御奉行が『手をつけてはならぬ』といわれたことに手を出したのだ」

「我が任務は江戸の町民を守ること、その一義に尽きると決めております。相次ぐ飢饉に米の値は高騰し、飢えて逃散《ちょうさん》した多数の無宿人の流入は盗み、ひったくりなどの事件の多発を招いて、いま江戸町民は怯《おび》えきった日々をおくっております」

「それゆえ越中屋を捕まえたと申すか」

ことばを切って、深々と溜め息をついた。

「おまえの親父《おやじ》殿も、こうと決めたことはやらずにはおかぬ気性の者であった。まさしく軍兵衛ゆずりの頑固者よのう」

凝《じ》っと面《おもて》に視線を据えて、いった。

「よいか。向後《こうご》は決して無理はならぬぞ。御奉行は任期があければ奉行所から去られる。新たな御奉行が赴任なされば風の吹きようも変わる。それまで、つつがなく、我が身大事に勤めあげるのだ」

「それは……」

いいかけた錬蔵を封じるように笹島隆兵衛は背筋を伸ばし、威儀をただした。

「御奉行よりの御下命を言い渡す」

「は」

錬蔵は姿勢を正した。

「北町奉行所与力大滝錬蔵、明日より深川《ふかがわ》方与力を申しつける。深川大番屋の支配役として深川にかかわる諸々を取り仕切るが主たる務めじゃ」

「謹《つつし》んでお受けいたしまする」

　錬蔵は平伏した。

　顔を上げて、告げた。

「お願いがあります」

「わしに出来ることなら何なりと」

「わたしに仕《つか》えてくれた岡っ引きなど小者六人、どなたかに引き継いでいただきたく、周旋のこと引き受けていただけませぬか」

「それはよいが。手慣れた配下が要《い》るのではないか」

「務むる処《ところ》が深川。今までの者たちには土地不案内でもあり、深川という場所柄もありで、ただでさえ命がけの務め。配下は深川で見つけ出すが妥当かと」

　うむ、と笹島隆兵衛がうなずいた。

　ぼそりと、いった。

「おまえの前任者の間宮作太郎《まみやさくたろう》は病《やまい》を理由に深川方与力御役御免を願い出たのじゃ。無法者どもの絶え間ない縄張り争い、あちこちに分散した岡場所に出没する売女《ばいた》たちの取り締まりに手こずり動きがとれなくなってしまったのだ。意気消沈し気の病《やまい》にかかったような有り様であった」

錬蔵は黙している。

笹島がつづけた。

「深川は小名木《おなぎ》川以南の永代嶋《じま》を中心に、江戸御府内《ごふない》で集めた塵芥《じんかい》を運んで埋め立てた地だ。もともとは人の住めるような土地ではなかった。無宿者など得体の知れぬ者たちが住みつき、木場が移転するにいたって町としての形を為していった土地柄なのだ」

「それ故《ゆえ》、果断な取り締まりが必要な処と承知いたしております」

応えた錬蔵に笹島が、告げた。

「錬蔵、重ねていう。決して無理はならぬぞ。間宮がいっておった。『深川を取り締まろうと生真面目に動いたら、命が幾つあっても足りぬ』とな」

「決して無理はいたしませぬ」

「嘘ではないな」

笹島が念を押した。

「父が申しておりました。与力のお務めはつねに死と隣り合わせのもの。いつ果ててもよいとの覚悟で事に臨《のぞ》めと」

「錬蔵」

「これだけは約定《やくじょう》いたしまする。犬死にはせぬ、と」

笹島は、再び凝然と見据えた。

錬蔵が見返す。引けぬ、との強い意志が目の底にあった。

笹島隆兵衛が大きく息を吐いた。首を振って、いった。

「親父殿と同じ目つきをしおる。どうにもならぬ、父子二代、筋金入りの頑固者よのう」

錬蔵は、黙然と坐している。

錬蔵は視線を深川へ向けた。永代橋を渡ってすぐのところに幕府御船手方《おふなて》の御舟蔵《おふねぐら》があった。御舟蔵は舟を納めるところから刀の鞘《さや》にたとえて『鞘』とも呼ばれていた。

錬蔵が赴任する深川大番屋は新大橋近くの万年橋《まんねん》そばにあり、万年橋の対岸、大川沿いにも御舟蔵があることから俗に鞘番所《ばんしょ》といわれていた。

『旧事諮問録』にも、

——深川に鞘番所と俗称される大番屋あり

と記されている。

大番屋はいわゆる調番屋《しらべばんや》で自身番と違って捕らえた嫌疑人たちを留置する仮牢と吟味場を備えていた。

江戸御府内の南茅場《かやば》町、材木《ざいもく》町三丁目、材木町四丁目、深川など七、八ヵ所にあり、町奉行所の分所ともいうべき存在であった。

材木町三丁目と四丁目の大番屋は俗称、

——三四《さんし》の番屋

と呼ばれ、囚人たちが、

——送りましょうかい、送られましょか。せめて三四の番屋まで

との俗謡の替え歌を唄ったほど恐れられていた。

大番屋は曲輪《くるわ》内近くにある江戸南町、北町両奉行所からは離れたところにあり、いちいち嫌疑人を連行するのは厄介《やっかい》なこととされた。そのため罪状が明確になるまで仮牢に留置した。

たがいに捕らえた科人《とがにん》の数を競ったためか伝馬町の牢屋敷へ送るための取り調べは厳しい拷問をくわえるなど苛酷を極めた。嫌疑人が罪を認めると夜中といえども同心

が奉行所へ出向き、入牢証文を請求した。入牢証文がとれると時を置かず科人を伝馬町の牢屋敷に送った。

苛酷な取り調べは、間違って犯人でない者を罪人に仕立て上げる捕り違えを犯すこともある。

捕り違えにより無実の者を罪人に陥《おとしい》れた与力、同心にたいしては御役御免という厳しい処断がくだされたこともあった。

明和《めいわ》四年（一七六七）、同心細井金右衛門《ほそいきんえもん》が無宿者の源助《げんすけ》を火付けの罪人と捕り違え、逼塞《ひっそく》の処断を受けた。ともに取り調べにあたった遠藤源五郎《えんどうげんごろう》は差し控えを命じられている。

捕り違えにもかかわらず、厳しい責苦に耐えられず自白したために、処刑されてしまった科人も数多くいた。

八代将軍徳川吉宗《よしむね》の治世の享保《きょうほう》の頃（一七一六～三六）から、取り調べの際に嫌疑人に厳しい責苦をあたえることが禁止された。が、功を焦るためか、その後も取り調べの有効な手段として拷問がなかば公然と行われていた。

町奉行の目の届かない大番屋での取り調べは容赦のない、酷烈なものであった。

深川は埋め立てられた新興地のせいか無法者が横行し、凶悪事件が多発している一帯であった。そのためか、いったん罪を犯したと睨《にら》まれた者への取り調べは深川大番屋がもっとも厳酷、との噂があった。

錬蔵は、深川鞘番所の調べが並外れて厳しいのは、

——無法な土地柄ゆえに取り締まりにあたる役人たちのこころに怯《おび》えが生じ、その怯えが裏目に出て峻烈な取り調べとなってあらわれている
とみていた。

錬蔵は探索で何度も深川にやって来ていた。

が、いまは、

（ただざらりと、深川の表の顔だけをのぞき見していただけなのかもしれぬ）

とおもいはじめていた。

そのこころが鞘番所に赴《おもむ》く前に、

（深川の町々を歩き廻ってみよう）

とおもいたたせた。

錬蔵は、

——深川鞘番所がおれの役宅代わり
笹島隆兵衛から依田豊前守の御役替えの下命を伝え聞いたときに、そうも決めてい

たのだった。

錬蔵は目線を大川から移した。

踵《きびす》を返す。

命の捨て場になるかもしれぬ深川の地へ向かって、悠然と歩きはじめた。

三

深川には多数の遊里が散在していた。いずれも吉原《よしわら》のように公許された色里ではなく岡場所、かくれ里と呼ばれる非公認の色里であった。

永代寺門前東仲《なか》町周辺《あたり》にある土橋《どばし》、門前仲町、富岡《とみおか》八幡宮の西南につくられた築立《ついたて》新地にある大新地、小新地、山本《やまもと》町の火の見櫓《やぐら》の西にある櫓下ともいう表櫓、裏櫓、裾継《すそまま》の三櫓、越中島への渡り口につくられた石場、俗に鷲《あひる》といわれる佃《つくだ》、常磐《ときわ》町、御舟蔵向かいの大口横丁の北側にお旅《たび》、南側に安宅《あたけ》、船に乗った舟饅頭《まんじゆう》が春をひさぐ小名木川と横《よこ》川が交差する亥《い》の堀の扇《おおぎ》橋付近がその主なところである。

これらのなかでもとくに殷賑《いんしん》を極めた遊里を深川七場所といった。永代寺門前仲町、土橋、表櫓、裏櫓、裾継の櫓下、大新地、小新地、石場、鷲がそれであった。

永代橋を渡った大滝錬蔵は右へ折れて相川《あいかわ》町と熊井《くまい》町の間の通りを左に曲がった。永代寺を別当《べっとう》とする富岡八幡宮への道筋であった。

三櫓から永代寺、富岡八幡宮、三十三間堂《さんじゅうさんげんどう》とすすんで行くと十間《じゅっけん》川に突き当たる。汐見《しおみ》橋を渡った先には広大な木置場があり、このあたりを総称して木場といった。

深川は、色里と木場の町、というべき土地《ところ》であった。

小名木川、竪《たて》川、横川、仙台《せんだい》堀、十間川、十五間川、二十間川、油《あぶら》堀、亥の堀川、平野《ひらの》川、江《え》川、黒江《くろえ》川、大島《おおしま》川などが細かく一帯を分断し、それぞれの町は、さながら堀川に囲まれた小島の観を呈《てい》していた。

当然のことながら移動の手立てとして小船がよく使われた。富裕な遊客たちは船宿で猪牙舟《ちょきぶね》を仕立てて川を渡り、目指すかくれ里そばの河岸《かし》へ乗りつけた。

錬蔵が福島橋《ふくしま》を渡るとき枝川《えだ》を一艘の猪牙舟が二十間川へ向かって漕《こ》ぎすすんでいった。大店《おおだな》の主人らしい客がふたり、乗っている。おそらく石場の色里へでも繰り込むのであろう。

行く手に一の鳥居が空を切って聳《そび》え立っていた。一の鳥居から先は馬場《ばば》通りとも呼ばれる、いわゆる富岡八幡宮への参道であった。

火の見櫓があった。このあたりが永代寺門前山本町なのだろう。茶屋が建ちならんでいた。とても御上《おかみ》の法にはずれた遊里とはおもえぬ堂々とした佇《たたず》まいであった。このあたりが表櫓だった。

何度も公儀の隠し売女狩りにあいながらも、しぶとく、いつの間にか再び商《あきな》いを始めている。それが、かくれ里の主人《あるじ》たちであった。

錬蔵は町家の蔭、細めにあけた小窓の内側から注がれる強い視線を感じていた。

（おもったとおりの動き……）

錬蔵はさらにぐるりに気を張りめぐらせた。

着流し巻羽織という、いかにも町奉行所の役人らしい出で立ちで歩いているのだ。公然の秘密として黙認されているとはいえ、いつ何時《なんどき》手入れが入るか分からない岡場所に巣くう輩《やから》からすれば、御上の動きには神経を尖《とが》らすのが当然のことであった。

深川の裏渡世の者たちの間には、すでに、

——鞘番所の差配が代わる

ことはつたわっている、と錬蔵は判じていた。

見知らぬ顔の役人が岡場所の密集するあたりを見廻っていたら、それらの無頼者たちがどうおもい、どういう動きをするか。

（まず、その動き方をみて向後為すべきことを決めねばなるまい）

と思案した結果の、深川彷徨《ほうこう》だった。

表櫓をすぎ、門前仲町にさしかかったとき、左側の茶屋のなかで男たちの怒声があがった。

足を止めた錬蔵の前へ数人の男が飛び出してきた。振り返り、殺気走った目で身構えた。間を置かずに黒と渋茶の縦縞《たてじま》の小袖を着流した男が、つづいて男たち数人が走り出てきた。いずれも一癖ありげな男たちであった。

その証に、男たちの手には匕首《あいくち》があった。

縦縞の男も匕首を胸の前に置いて吠えた。中背で痩《や》せてみえるが、動きぶりは俊敏だった。細面《ほそおもて》で無精髭《ぶしょうひげ》を生《は》やした縦縞の男の目の底に、凍えた光が宿っていた。

「知らねえとはいわせねえ。命にかけても聞き出してみせるぜ」

取り囲んだ男たちの兄貴格がせせら笑っていった。

「飛んで火にいる夏の虫、とはおめえのことだぜ。代貸《だいがし》の仇《かたき》だ。なぶり殺しにしてやる」

兄貴格が顎《あご》をしゃくった。それを合図に男たちが一斉に縦縞の男に突きかかった。

縦縞の男は身軽だった。右へ左へと身をかわし、匕首を振るった。ひとり、ふたりと相次いで男たちが傷を負って倒れた。

錬蔵は町家に身を寄せ、男たちの争いを見つめた。止める気は毛頭なかった。無頼同士の喧嘩である。どちらが傷ついても、いや、たとえ命を落としてもよかった。この世に、ただ害毒を流すだけの輩《やから》だった。

錬蔵は男たちの殺し合いを冷えた目で見据えた。

よく見ると……。

縦縞の男に見覚えがあるような気がした。

錬蔵は目を凝《こ》らした。

殺気走って獰猛《どうもう》な獣のような目つきになっているが男の顔は、たしかにどこかで見たものであった。それも何度も、いやというくらい顔を突き合わせたような覚えがある。

縦縞の男が匕首の攻撃をよけきれずに倒れ込んだ。

「お夕《ゆう》っ」

縦縞の男が女の名を呼んだとき、錬蔵のなかで縺《もつ》れていた記憶の糸がほぐれた。

「安次郎《やすじろう》だ。間違いねえ」

低くつぶやいた錬蔵は争いの輪のなかに飛び込んでいった。

刀の鯉口《こいくち》を切る。

大刀を引き抜くや、倒れた安次郎に突きかかった男たちに凄《すさ》まじい峰打ちをくれていた。

男たちが呻いて倒れた。

「安次郎。おれだ」

安次郎が目を向けた。驚愕が走った。

「旦那。なんで、あっしを」

「袖すり合うも多生《たしょう》の縁、というぜ」

錬蔵が不敵な笑みを浮かべた。

おもわぬ攻撃に跳び下がった兄貴格がわめいた。

「何しやがる。お役人でも容赦しねえぜ」

「おれにも容赦はねえぜ。今度は叩っ斬ってやる」

刀を峰から返した。

「てめえ、もぐりだな。荒松《あらまつ》一家に逆らうと生きた心地がしねえ目にあうことになるぜ」

「深川大番屋支配、大滝錬蔵だ。そのことば、おぼえておく」

「そうか。てめえが鞘番所の新しい頭《かしら》か。ご祝儀代わりだ。今日のところはこれでお開きとしてやるぜ」

錬蔵を睨《にら》みつけたまま男たちにいった。

「引き上げだ。怪我した奴に手ぇ貸してやれ」

男たちが傷ついた仲間たちを抱き起こし、歩き去っていく。兄貴格は油断なく錬蔵に目を据えたまま、後退《あとじさ》りしながら去っていった。

男たちの姿が町家の蔭に消えた。見届けた錬蔵が立ち上がった安次郎に告げた。

「話があるんだ。つきあってくれねえか」

「危ねえところを助けてもらった。断るわけにはいきませんや。どこへなりと大滝の旦那の気儘《きまま》にまかせますさあ」

安次郎は小さく頭を下げた。

錬蔵と安次郎は洲崎《すざき》弁天の門前にある簀《す》の子《こ》張りの腰掛茶屋の赤毛氈《もうせん》を敷いた縁台に坐っていた。

目の前には砂浜が広がっていた。季節になると船遊びや潮干狩りを楽しんだりする芸者づれの旦那衆や粋人たちで賑《にぎ》わう江府《こうふ》有数の風流の地でもあった。

安次郎はもとは竹屋五調《たけやごちょう》という源氏名《げんじな》を持つ櫓下の男芸者であった。男芸者は幇間《ほうかん》、太鼓持《たいこ》ちともいい、深川では太夫《たゆう》とも呼んだ。

安次郎には門前東仲町の芸者でお夕という名の情婦《いろ》がいた。末は夫婦《めおと》と誓い合ったふたりだったが、ともに座敷で遊客の機嫌を取り結ぶ芸者と男芸者である以上、かかわりを隠しながらの暮らしを余儀なくされていた。

年が明ければお夕の年期があけると指折り数えていた紅葉の頃に、おもいがけないことが起こった。門前仲町を仕切る荒松一家の代貸鮫洲《さめず》の浅蔵《あさぞう》がお夕に横恋慕してつきまとったのだ。

「年期があけたら所帯を持とうと誓い合った人のいる身。ご勘弁を」

と事情をうちあけて拒むお夕に、

「その男とは切れて、おれの女になりな」

と浅蔵はしつこく迫ったあげく、お座敷がえりのお夕を待ち伏せて手籠《てご》めにしようとした。

そこへ座敷を終えて帰路を急ぐ安次郎が通り合わせた。止めに入った安次郎に、

「邪魔な野郎だ。てめえを始末したらお夕も諦めておれのものになるだろうぜ」

と浅蔵が脇差を抜いて斬りかかった。

男芸者の身ではあったが、安次郎は武術好きだった。足繁く本所の無双流《むそうりゅう》の道場へ通い剣の修行を積んでいた。入門して十数年目には師から、

——実力は皆伝《かいでん》の腕
と太鼓判をおされるほどの業前《わざまえ》になっていた。

やくざ剣法の浅蔵は安次郎の敵ではなかった。脇差を奪い取った安次郎は袈裟懸《けさが》けに浅蔵を切り伏せていた。

安次郎はお夕とともに自身番へ名乗り出た。調べにあたったのが錬蔵であった。

いかに身を守るためとはいえ人ひとり殺《あや》めたのである。相手が無法を押し通すやくざだとしても無罪放免というわけにはいかなかった。

——向こう三年、江戸所払い
それが安次郎にくだされた裁きだった。

「もう三年過ぎたか」

錬蔵がいった。

「岡っ引きの親分から聞いております。大滝の旦那が罪を軽くするため動いてくださ
れたので江戸所払いですんだのだと。あっしみてえな男に情けをかけていただいて、
旅の空で何度こころでお礼を申しやしたか」

しみじみとした口調だった。

「夫婦約束した女、お夕、とかいったな。どうかしたのか」

「それが、どこにも見あたらないんで……」

安次郎の声が沈んだ。

「行方《ゆくえ》が知れぬだと。どういうことだ」

「そいつは、あっしのほうが知りてえことなので」

しばしの沈黙があった。

錬蔵がつぶやいた。

「そうかい。それであの茶屋へ乗り込んだのか」

「あの茶屋には荒松一家の息がかかっていますんで。そこへ行けば何かわかると。なんせ昨晩江戸へもどってきたばかりで。お夕が留守を守って待っているはずの長屋には見知らぬ夫婦者が暮らしておりやした」

「これからどうするつもりだ」

「どうするといわれても、昨夜は木場の安宿へ泊まったような次第で。行く当てなどありませんや」

錬蔵はじっと安次郎を見つめた。

「行く当てがないなら、どうだ、おれのとこへ来ねえか」

「鞘番所へ居候《いそうろう》しろ、とおっしゃるんで」

「居候させる気はねえ。おれの手先をつとめてくれ、といってるのさ」

「あっしが十手持ちに。恩ある旦那に申し訳ねえが、できれば御免蒙りたい話で」

「そうかい。いい話だとおもうがね」

「あっしの気性からいって、十手持ちだけにはなりたかねえんで。あっしの知ってる岡っ引きは、やたら御用風を吹かす奴らばっかりで」

「御用風なんざ吹かせないのが一番さ。それより」

「それより」

「お夕の行方を探すにゃ十手持ちになった方が何かと都合がいいんじゃねえのかい」

安次郎が呆気《あっけ》にとられた。が、すぐに、これ以上ないほどの生真面目な顔つきになった。

「旦那、それじゃ……」

「なあに、おれにも都合がいいことなのさ。実は、深川のことをよく知っている手先を探していたのよ。おめえなら、ぴったりだとおもってな」

「大滝の旦那」

安次郎は、じっと錬蔵を見つめた。

錬蔵が見つめ返した。柔らかい、包み込むような眼差《まなざ》しだった。

見合った。

ややあって、安次郎がいった。

「精一杯つとめさせていただきます。お夕探しの我《わ》が儘《まま》、これだけは通させてもらいやす」

深々と頭を下げた。

「頼りにしてるぜ、竹屋の太夫」

錬蔵が安次郎の肩を軽く叩いた。

四

間口九尺（三メートル弱）から二間半（五メートル弱）、奥行き三間半から五間半。

それが通例の自身番の大きさであった。

深川鞘番所などの大番屋は東西二十五間余、南北十七間余にも及ぶ建物で自身番や辻番とは比較にならぬ大規模なものであった。

大滝錬蔵は、いま深川鞘番所の門前にいる。背後に安次郎が従っていた。

表門は閉ざされている。

（警戒のために閉めているのであろう）

錬蔵は、そう推断した。

表門の脇に門番所があった。錬蔵は詰めている門番に声をかけた。

「深川大番屋支配に任じられた大滝錬蔵である。門を開けよ」

門番所から人が飛び出してくる気配があった。すぐに表門脇に設けられた潜り口の扉がなかから開き、四十がらみの尻端折《しりぱしょ》りした門番が出てきて、頭を下げた。

「お待ち申しておりました。御屋敷より使いの方がみえられ、風呂敷包みをひとつ置いていかれました。御支配さまの長屋に運んでおきました」

錬蔵は無言でうなずいた。八丁堀与力町の留守宅を預かる老僕の伊助《いすけ》が手配どおり着替えなど身の回りの品々を届けてくれたのだ。

門番が咎《とが》める目つきで安次郎を見た。

「おれの手先だ。竹屋の安次郎という。見知っておいてくれ。今日から、おれ同様、深川大番屋での務めに励むことになる」

「よろしく」

門番が安次郎に会釈《えしゃく》をした。

「こちらこそ」

安次郎が頭を下げた。

「まずは同心詰所だ。案内してくれ」

「承知いたしました」

門番が腰を屈《かが》めた。

同心詰所では四人の同心が見廻りに出ることもなくたむろしていた。ひとりは柱によりかかって草双紙《くさぞうし》を読んでいた。四十そこそことおもえた。年若の者は文机《ふづくえ》に向かって一心に書き物をしている。五十代半ば過ぎの白髪まじりの同心は羽織を繕《つくろ》っていた。羽織っていないところをみると自分のものなのだろう。三十前後の、錬蔵と同じ年代の同心にいたっては肘枕をして、寝息をたてていた。

時はまだ七つ（午後四時）前であった。深川鞘番所の同心の務めは町々の見廻りが主なものであった。

それが詰所にいて出かける気配もなかった。案内した門番が様子を見るなり、あわてた素振りをみせた。

年嵩《としかさ》の繕いものをしている同心に声をかけた。

「松倉《まつくら》さま、大滝さまがお着きでございます」

「大滝さまが。昼四つ（午前十時）までに着くとの前触れであったがやっと来られたか」

歯で糸を切って、顔を上げた。その顔が門番の背後に立つ錬蔵の姿を見いだして、凍りついた。

「これは御支配、いきなり同心詰所にまいられるとは。これは、いかん」

焦って立ち上がり、ぐるりを見まわしてわめいた。

「八木《やぎ》、小幡《こばた》、新任の御支配の御入来だ。溝口《みぞくち》、起きろ。目を覚まさぬか、これ」

小走りに近寄って、眠りから覚める気配もない溝口の肩を揺すった。

小柄で鶴のように痩せ細った松倉の所作は、いかにも頼りなげで、貧乏ったらしくみえた。動揺を隠そうともせず、あたふたするところをみると根は正直な質《たち》らしい。

（修羅場《しゅらば》の絶えることのない深川には不向きな者。なにゆえ鞘番所に配されたのか……」

そう見立てた錬蔵の背後で安次郎が鼻で笑った気配があった。目の端でとらえると、安次郎がうつむいている。うっかりしでかしたことを気づかれないための動きとみえた。

八木と小幡が居住まいをただした。溝口は、ううむ、と大きく唸《うな》って寝返りをうった。まだ目が覚めていない。

「これ、溝口。困った奴だ」

松倉が溝口の頰をつねった。

「痛たた。何しやがる」

溝口が顔を顰《しか》めて、起き上がった。つねられたところを押さえた。

「松倉さん、何の真似《まね》だい」

睨みつけた。

「御支配だ。御支配」

「御支配がどうしたというのだ」

「御支配が、うしろに」

「うしろに？」

ゆっくりと振り向いた。

驚愕に目を見開いた。あわてて、背筋を伸ばして坐り直した。

「これは、御支配。いつお着きになるか首を長くしてお待ち申しておりました」

「大滝錬蔵だ。向後、何かと面倒をかけるが、よろしくたのむ」

控える安次郎に気づいた溝口が、

「その者は」

「おれの手先だ。竹屋の安次郎という」

「どこかで見たような……」

溝口が首を傾《かし》げた。

錬蔵が流れを断ち切った。

「おれが頼りにしてる男だ。おれの分身だとおもって、かわいがってくんな」

「よろしくお引きまわしくだせえ」

安次郎が丁重に頭を下げた。

「しっかりやんな」

溝口が横柄にうなずいた。

「名を知りたい。それぞれ名乗ってくれ」

錬蔵が視線を流した。

「松倉孫兵衛《まごべえ》でござる」

「八木周助《しゅうすけ》と申す」

「小幡欣作《きんさく》です」

「溝口半四郎《はんしろう》」

応《こた》え終わるや、

「大番屋内の長屋に住むと決めている。火急のことがあれば長屋に知らせに来てもらいたい」

いうなり錬蔵は背中を向けた。歩きだす。安次郎がつづいた。

支配役の住まいは長屋といっても、一所帯のつくりであった。別棟の、同心たちが住まう長屋とは板塀で仕切られていた。同心たちの長屋は、四所帯に区切った、いわゆる棟割長屋で二間に板敷の間、土間にはへっつい、水桶、流しがつくりつけられていた。

松倉らは八丁堀の同心組屋敷へはたまに帰るだけで、泊まり込んで任務にあたっている、と笹島隆兵衛から聞かされていた。

錬蔵は奥の座敷に入り戸障子《としょうじ》を開けた。三方が板塀で囲まれていた。箱庭のような庭に数本の背丈ほどの松の木が植えられていた。横に枝を張った、なかなかの枝振りのものであった。おそらく鞘番所支配の任にあった誰ぞが細かい手入れを怠らなかったのであろう。

塀際に自然と根付いたとおもわれる水仙がまばらに緑の茎を伸ばしていた。

（たまには植木の手入れでもするか）

それも悪くない、とおもった。これから修羅場が相次ぐ日々に身を置くのだ。気を休めることが少しはあったほうがいいかもしれない。

座敷にもどると伊助が届けてくれた、着替えをくるんだ風呂敷包みが隅に置いてあった。夜具などは内役長屋で用意してくれたものを使うことにしていた。

「旦那」

その声に振り向くと安次郎が開け放した襖《ふすま》の向こうに坐っていた。

「どうした」

「手先を引き受けたついでといっちゃなんですが、あっしをここに住まわせていただけやせんか。飯の支度に掃除と、けっこう役に立ちますぜ」

にやりとして、つづけた。

「旦那が庭を眺めてらっしゃる間に家ん中をのぞかせてもらいやしたが、へっつい、流しに水瓶、といつ所帯を持ってもいいような道具がそろってますぜ」

「そうか。いつ所帯を持ってもいい道具がつくりつけてあるのか」

うむ、とうなずいた。

安次郎を見やった。

「いいだろう。安次郎と男ふたり、色気なしの所帯を持つのも、なかなかおもしろい趣向だ」

「そういってくださるとおもってやしたぜ。それでは、あっしはちょっと出てきやす」

腰を浮かせた。

「どこへゆく」

「木場の安宿へ身の回りの品を入れた荷物を預けてますんで、とりにいこうかと」

「おれもつきあおう」

巻羽織を脱いで、風呂敷包みの上に無造作に置いた。

「旦那が」

なぜ、とその目が問いかけていた。

「ついでに夜の深川の岡場所のどこぞをのぞいてみようとおもってな。荒松一家の夜の動きぶりも見てみたい」

「旦那、それじゃ」

「ちょっと待て」

風呂敷包みを開いた。なかから十手をとりだした。

深川で手先を手配した折りに渡す、と町奉行所から許認を受け、持ってきたものだった。

「これを渡しておく。何かの折りには役に立つだろう。もっとも深川では目の敵《かたき》にされて、かえって損な目にあうかもしれぬがな」

受け取った十手をしげしげと見つめていった。

「偉そうに十手風を吹かせなきゃ、けっこう役に立つとおもいやす。ありがたく頂《ちょう》戴《だい》いたしやす」

十手を腰に差した。

木場の安宿で安次郎が受け取ったものは振り分け荷物ひとつだけだった。その荷を小脇に抱えて、錬蔵にいった。

「ここからだと三十三間堂近くの岡場所が間近ですが、あっしは門前仲町あたりから始めたほうがいいんじゃねえかとおもいやす」

「どうしてだ」

「遊里を回しているのは店の主人でございます。主にとって店は城。守るためにはどんな手も使いやす」

「天下の法など無用のものというわけだな」

「岡場所は法を破ったところから始まっておりますんで」

「そうだったな。公儀より許されて遊里商いをやっている吉原とは違って岡場所は、いわばもぐりで商売しているところだ。もともとが無法、何でもあり、というわけか」

「岡場所の店の主はどう繕っても無法のなかで住み暮らす者。やくざや盗人《ぬすっと》と代わりはございません」

「深川は無法者が我が物顔に闊歩《かっぽ》するところということだな」

「そのとおりで。深川をまっとうに仕切るには、まずそのことを頭に叩き込んでおかなきゃいけません。町奉行所のお役人の見廻りがある間は息を潜めているが行き過ぎたら、すぐにもとの無法の里にもどる。そんなところなんでさ」

「堅気の衆も住んでいるだろうに」

「少しはね。店の主からみれば女たちはただの道具。あっしの昔の稼業だった男芸者も取り替えのきく代物《しろもの》。いずれも無法者の手先というのがその正体で」

錬蔵は黙った。安次郎のいうとおりだった。まっとうに生きている者たちを相手にするときと無法者相手のときとでは、その扱いに違いが生じて当然のことなのだ。そのことを腹に叩き込んでいるのと、いないのとでは大きな差がある。

(よいことを教わった)

錬蔵はおもった。

「まずはその土地で一番の遊里といわれているところ、やくざの親分以外で一番の大物と噂されている主の店で顔を売り、できれば軽口などきける関わりを持つことでさ」

「なぜだ」

「どんな悪党でも、こころが通じ合った者を殺《あや》めるときは多少のとまどいを覚えるもの。あっしはそうおもいますがね」

「……窮鳥懐《ふところ》に入《い》れば猟師も殺さず、と諺《ことわざ》にある。そういうことか」

「中《あた》らずと雖《いえど》も遠からず、で」

「どの店へ行くかはまかせる」

懐から銭入れを取りだした。

「二百俵の扶持米《ふち》をあてがわれている身。贅《ぜい》を尽くした遊びは出来ぬ。これは預けておく」

銭入れをじっと見つめていった。

「こいつをあっしに。旦那、持ち逃げするかもしれませんぜ」

「それは、あるまい」

「人がいいと損をしますぜ。この深川じゃ、とくにそうだ。誰も信用しちゃいけねえ」

「いったろ。窮鳥懐に入れば猟師も殺さず、さ」

「……負けた。負けましたよ。けど、とにかく銭入れは旦那が持っていたほうがいい。岡場所じゃ自分で銭を払う奴しか信用しねえ」

「そうか。それなら、そうしよう」

「店に入る前に、もうひとつ決めておきましょう」

「何を」

「身分を隠して遊ぶか、それとも正体をさらして堂々と遊ぶか。どちらにしやす」

「鞘番所支配として見廻りに出ることも多い。包み隠さず、洗いざらいさらけ出す。それがよかろうよ」

「大滝の旦那なら、そうおっしゃるとおもっておりやした。あっしは、正体隠さず堂々と遊里に出入りされるよう、すすめるつもりでおりやした」

「試したのか、おれを」

「そういうわけじゃございませんが、あっしが、何やかやと指図するのはおこがましいとおもいやして」

「遠慮は無用だ。いい知恵をもらうは、宝物をもらうと同じで有り難《がた》いことなのさ」

「旦那、もうひとつ、いわせておくんなさい」

「遠慮は無用といったはずだ」

「こころを通わせようとおもった相手には決して隠し事はなさらねえように。悪のなかで住み暮らす者はみんな、警戒心が強い小心者なんでさ。一度でも騙《だま》されたとおもったら金輪際《こんりんざい》信じることはありやせん」

錬蔵は笑みを浮かせただけだった。

「繰り込むか、門前仲町に」

「それでは派手に道行《みちゆ》きと洒落《しゃれ》ますか」

安次郎が昔とった杵柄《きねづか》、男芸者の気分にもどって歌舞伎役者の大見得《みえ》よろしく両手を広げ大きく顔を打ち振って、目を剝《む》いた。

五

「呆れたもんだ。これで五日ぶっつづけで門前仲町で芸者あげてのお遊びだ。御支配は鞘番所へ骨休めにこられたのではないのか。もっとも二百石なみ、二百俵の扶持を拝領されている与力様と三十俵の扶持しか頂いておらぬ同心とでは懐の具合が大違いだがな」

溝口半四郎が鼻先で嘲《あざ》笑った。

同心詰所には壁によりかかった溝口と草双紙を読んでいる八木、文机に向かって調べ書を書いている小幡、紙縒《こより》をつくっている松倉の四人がいた。

「その分、我らものんびりできるではないか。手先の報告を受けて調べ書をつくるだけで、見廻りに出ずともよい」

紙縒をよる手を休めることなく、松倉が応じた。

「できれば見廻りはやりたくないな。深川には十ほどやくざの一家がある。そ奴らが四六時中縄張り争いをしている。くわえて、数人の無頼が手を組んで夜鷹《よたか》などの用心棒などやっては小遣い稼ぎをして、そのうち一家をなそうと小狡《こずる》く立ち回っている。見廻りに出るとそいつらの憎らしげな視線があちこちから注がれる。生きた心地がせぬわ」

八木が草双紙から顔を上げていった。

「おぬしは書ばかり読んでいる。剣の業前がさほどでないのは修行をさぼるからだ。だから見廻りに出て、怯えることになる」

見下したような溝口の物言いだった。

「怯える。務めとならば怯えなどないわ」

八木が溝口を睨みつけた。

「小幡、調べ書はまだ仕上がらぬか。ひとつでも仕上がっていたら出来たての紙縒で綴《と》じてやるぞ」

のんびりした口調で松倉が問いかけた。

「何しろ手先の報告にあやふやなところが多いので、どうつなげたらいいか苦労しております」

小幡が頭をかいた。

そのやりとりで溝口と八木の間にあった剣呑なものが途切れた。

八木は、これ幸いと草双紙に目を落とした。

「いまおもしろいところだ。一気に読むぞ」

誰に聞かせるともなくつぶやいた。

大欠伸《あくび》をしてから溝口がいった。

「小幡、御支配が調べ書をじっくりと読まれることは、まずあるまい。脈絡が通じなくともよい。箇条書きで十分だ。字が並んでいれば、万事よし、だよ」

「はあ。それなりにやってみます」

再び筆を動かし始めた。

「どれ。一寝入りするか」

溝口がごろり、横になった。


その頃、大滝錬蔵は山本町の、裾継の通りにいた。右手を流れる十五間川の河岸には多数の猪牙舟が河岸際に打ちこまれた杭に繫留されている。十五間川に向き合うように津《つ》の国《くに》屋など七軒ほど茶屋が建ちならんでいた。

〈暖簾《のれん》の高くそよぐ深川〉

と『平生庵』（間宮藤選）のケイ后篇十一丁オにあるように深川独特の暖簾、『帆《ほ》暖簾』が店先に下がっていた。

帆暖簾はその形が船舶の帆に似ている。ふつうの暖簾とは著《いちじる》しく異なってみえた。

幅八間（約十五メートル）、長さ三丁（約三百二十七メートル）の馬場通りと呼ばれた門前仲町の通りは、ほぼ東西に一本道となっている。そのためか朝日、夕日がまともに照りつけた。河岸道沿いにある遊里の茶屋も似たようなものであった。

深川の各茶屋は、船の帆のように暖簾を半楕円形にせり出させることで陽差しの直射を防いだのだった。

裾継の茶屋が切れたところを左へゆくと裏櫓、表櫓となる。馬場通りに立つ火の見櫓が左手に聳《そび》え立っていた。

錬蔵は安次郎を待っていた。着流し巻羽織という、いつもの出で立ちだった。このところ昼間は安次郎と一緒に深川の町々を歩き回っている。

七つ（午後四時）を告げる鐘が鳴っている。音がふたつ重なって聞こえていた。本所・入江《いりえ》町の時鐘《じしょう》と永代寺の鐘の音が微妙にずれながら、響いてくる。ふたりの鐘の撞《つ》き手の打つときの呼吸が、その差を生み出しているのであろう。

いま安次郎はお夕の行方の聞き込みに津の国屋の二軒先の鷲尾《わしお》屋という茶屋へ出向いていた。昔なじみの男衆が鷲尾屋で働いているのだった。

その鷲尾屋から大店の主人とみえるでっぷりとした赤ら顔の中年の男が出てきた。後からついてきた船宿の半纏《はんてん》を羽織った船頭が河岸近くで追い抜いて舫《もや》っていた猪牙舟に乗り込んだ。竿《さお》を使って乗船しやすいように舷側《げんそく》を河岸に横付けした。

おっかなびっくりにのそのそと赤ら顔が船に乗った。

船頭が岸辺を竿でついた。すうっと川の中ほどへ出た猪牙舟を船頭が、今度は櫓《ろ》を巧《たく》みに操って漕ぎ出していった。十五間川を油堀のほうへすすんでいく。おそらく松《まつ》村《むら》町の網打場の遊里へでも遊び場を替えるのだろう。

錬蔵は昼日中《ひるひなか》から遊里めぐりをしている大店の主人、若旦那と見える男たちの数の多さに驚いていた。いずれかの藩の江戸留守居役であろうか、それら商人《あきんど》たちと共に遊び呆けている武士たちも多数みかけた。

「一年前に田沼《たぬま》様が老中になられてから遊びが豪勢になったそうです。あっしは三年、深川を離れていやしたが今の岡場所の繁盛ぶりは目を見張るほどのもので」

と安次郎がいっていた。

　田沼意次《おきつぐ》は安永《あんえい》元年（一七七二）に老中に就任した。この年は災害の多い年だった。江戸が大火で焼け野原になった。東海道沿いの一帯、奥羽《おうう》地方が大風雨に襲われ、大洪水となった。田畑が、家が、多数の人々の命が水に呑まれた。

　大火にやられた江戸に天災で行き場を失った無宿人たちが押し寄せ、盗み、辻斬りが横行し、さらに江戸の町々を混乱に陥れた。

　が、大火で焼け肥《ぶと》った者たちがいた。木場の材木問屋の主人、建物を建てる大工の棟梁など火事で失われた衣装や道具類など日々の暮らしに必要な品を商う者たちが、

　——物不足
　を理由に値をつり上げ、品々はもちろんのこと、生命《いのち》をつなぐ食い物すらも手に入りにくくなっていた。

　貧しさゆえ餓死する町人が何人もいた。

　が、この深川の岡場所だけは違った。

　綺麗に着飾った芸者や遊女たちが町を行き交《か》い、酒焼けした、みるからに高価そうな小袖を身にまとった町人たちが男芸者や女たちを引き連れ、茶屋から茶屋へと千鳥足で歩く姿があちこちで見られた。

　その裏では、

を求めてやくざや無頼どもが暗躍していた。

深川を知り尽くした安次郎と行動を共にすることで、錬蔵は深川の良さも悪さも急速にわかり始めていた。

十五間川は富岡八幡宮や永代寺の裏手を流れている。裾継の通りから境内《けいだい》の三方を囲む木々ごしに社殿や本殿、本堂の甍《いらか》が折り重なって見えた。

錬蔵は川面を見つめた。

傾きかけた陽差しが波紋をひろい陰《かげ》ろうとなって瞬《またた》いている。その光のほのめきが、不意に、錬蔵を過去《むかし》に誘った。

水面《みなも》に父・軍兵衛の顔が浮かんだ。母は錬蔵を産《う》み落として半年後、産後の肥《ひ》立ちが悪くこの世を去っていた。当然のことながら、錬蔵は母の顔を知らない。二親のことで思い出すのは父のことだけだった。

父は仕事に追われて錬蔵はひとりでいることが多かった。しかし、たまの休みの日にはそれこそ日がな一日つきあってくれた。共に過ごす時間は少なかったが父子の関わりは濃密なものだった、と錬蔵は確信している。

父の死んだ夜、錬蔵は与力見習いとして町奉行所に詰めていた。大火であった。あちこちに飛び火した炎に江戸の町々は混乱を極めた。奉行所も諸処からもたらされる惨事の有り様に何一つ有効な手を打てず、ただ右往左往《うおうさおう》するだけであった。錬蔵も、あわてふためく役人のひとりだった。

鎮火し、ほっと一段落したときに父の死を知らされた。人目のつかない公事人溜《くじにん》まりへ入り込み、嗚咽《おえつ》した。涙がとめどもなく流れ落ちたのを覚えている。

そのとき唐突に湧いて出たおもいがあった。

（この悲しみをおれの子には味あわせたくない）

いずれ町奉行所の探索方の与力の職につく身である。いつ命が果ててもおかしくない立場にあった。

（所帯をもたねば済むことなのだ。気がかりなおもいを引きずっては悔いのない務めはできぬ）

錬蔵はこの日、

――生涯、妻はめとらぬ

と決めたのだった。

「旦那」

呼びかけられた声に振り向くと近くに安次郎がいた。

錬蔵はあえて、何か手がかりがあったか、と問うことはしなかった。安次郎の顔つきから見て新たな情報がもたらされたとはおもえなかった。

「門前仲町へ繰り込むには、まだ間がある。のぞいていない岡場所があったら案内してくれ」

「どこにしますかね」

安次郎が首を傾げた。

ぽん、と拳《こぶし》で掌《て》を打って、いった。

「舟饅頭でも冷やかしに出向きますか」

賭場や岡場所への手入れを怪動《けいどう》といった。

岡場所の女たちは公に認められた遊里、吉原の遊女と違って隠れ里で春をひさぐ、御法度の埒外《らちがい》にある娼妓《しょうぎ》、隠売女《かくしばいじょ》であった。怪動で捕えた隠売女たちは略儀の取調べを行った後《のち》、吉原へ下げ渡し、お仕置がわりに数年間ただ働きさせる、と定められていた。ために岡場所の女たちは怪動を非常に恐れた。

亥の堀川に架《か》かる扇橋のぐるりには女郎が小舟に乗ってたむろして客を待ってい

た。怪動があれば女郎たちは小舟にもどり、亥の堀川から小名木川へ抜けて葛西《かさい》へ下り、逃げ去った。

小舟に乗って客を待つことから女郎たちは舟饅頭と呼ばれた。

座敷遊びに飽きた遊客たちのなかには小舟ごと借り切ってひとときの船上の遊びを楽しむ者も数多くいた。

「座敷遊びにはない、ひと味違ったそれなりのおもしろみがありますんで」

と安次郎がいった。

小舟に乗った女郎たちが河岸道に立つ男たちに声をかけるさまは、錬蔵には目新しい景色だった。

「知った顔を見かけたんで」

安次郎が扇橋へ向かって走った。橋のたもとに髯面の遊び人風の男が立っていた。舟饅頭たちの見張り役とみえた。

安次郎が遊び人風に顔を寄せている。ひそひそ話でもしているのだろう。安次郎の顔に驚愕が浮かんだのを錬蔵は見逃さなかった。お夕の手がかりを摑んだのかもしれない。

近寄ってきた安次郎の顔に厳しいものがあった。

「旦那、岡場所の女たちが神隠しにあっているという話で」

「神隠し？　いつからだ」

「二月《ふたつき》ほど前からだそうで。二十人はくだらない、といってました」

「二十人。かなりな数ではないか。鞘番所の者たちは動かなかったのか」

「御上の役人衆は躰を売ってる女たちのことなんざ怪動のとき捕まえるだけで、それ以外は、どこで野垂れ死のうと知らんぷり。情けの一欠片《かけら》もかけやせんや」

錬蔵は黙った。安次郎のいうとおりだった。深川を見廻る前は錬蔵も、

——人手が足りぬ。気にかけたくとも目が届かぬのだ
といったに違いない。

が、わずかな日数ではあったが深川で住み暮らす人々をじっくりと見つづけるうちに、

（どこで暮らしても人のこころ、情けというものは変わらぬものだ）

としみじみ感じ始めていた。

金がないために三度の食事にさえ事欠く身の者に礼節、道義を説き、

——礼を欠き、道義に外れては人の道に背く
と責めたところで何の助けになろうか。それより、

——他人《ひと》に迷惑をかけることなく生きる。そのことが、生きていくなかで最も大事な一条

と錬蔵は考えていた。

その点だけをとりあげれば、

（自分の肉体《み》を売って稼いだ金で飯を食う売女たちは誰にも迷惑はかけていない。日々の命をつなぐための手立てのひとつにすぎない）

とおもうのだ。むしろ、

——強欲のために品物の値をつり上げ不当な利を貪《むさぼ》る者、その後ろ盾《だて》となり分け前としての賄《まいない》を得る幕閣の重臣たちこそ世に害毒をばらまく輩

と断じていた。

亥の堀川の川面から小魚が水しぶきをあげて跳ね上がり、銀鱗を煌《きら》めかせて水中に没した。間を置かず数匹の小魚がつづいた。

一瞬のことだった。

錬蔵が水面に目を据えたまま、いった。

「神隠しにあった女たちのこと、探索せねばなるまい」

「旦那。本気でおっしゃってるんで」

安次郎が声を高めた。

錬蔵が振り返った。じっと安次郎を見つめた。

「町で起きた事件を探索するのが、おれの務めだ。女たちの行方を追う。当たり前のことだぜ」

安次郎の顔が歪《ゆが》んだ。見るとその目が潤んでいた。歯を食いしばっていた。あふれそうになった涙をこらえているのがわかった。手の甲《こう》で鼻を拭う。

「嬉しいねえ、旦那。誰にも、まともに相手にしてもらえねえ岡場所の女たちのことを気にかけてくれる。こんなお役人に生きてるうちに巡り会えるとは。あっしゃあ、嬉しい」

頭を振って、笑みをつくっていった。

「旦那、何でもいいつけておくんなさい。命を賭《か》けて働きやすぜ」

「あてにしてるぜ。ところで、おれにも気になっていることがあるんだ」

「気がかりなことが？」

「門前仲町の河水楼《かすいろう》に呼んでいる羽織芸者のお紋《もん》が身につけている小物に南蛮《なんばん》渡りのものがあると見立てたんだが」

「抜け荷の品が出回ってる、とおっしゃるんで」

鍊蔵が無言でうなずいた。

「深川には江戸湾沖に停泊している廻船の千石船の水手《かこ》たちがよく遊びにきやす。なかには、どこで手に入れたかわからねえが異国の品を持ち込んできて売りつける奴もいますんでね」

「お紋の口ぶりから察すると、そうではないようだ」

「抜け荷を商っている奴がいると」

「おそらくな」

「どんな品なんで」

「おれが河水楼にいる間は、おまえは着くなり座を外して探索に出かけているから見たことがないだろう。今夜にでもお紋の持っている小物を、それとなくあらためてくれねえか」

「わかりやした」

「行くか、河水楼へ」

鍊蔵は歩きだした。連日の町歩きで、細かい路地はともかく、深川のあらかたの道筋はわかるようになっていた。

「だいぶ深川に慣れやしたね。お供しやす」

安次郎がつづいた。

歩みをすすめながら錬蔵は安次郎の胸中を推《お》し量《はか》った。

一度話したきり、その後は安次郎は一言《ひとこと》もお夕のことをいわない。錬蔵もあえて聞こうとはしなかった。

が、錬蔵にはわかっていた。お夕の足取りは少しは摑めているはずだった。荒松一家がお夕に悪さを仕掛けて、つきまとったことは推測できた。嬲《なぶ》り者にして、どこぞの悪所《あくしょ》へ売り飛ばしたかもしれない。

舟饅頭の見張り役の男と別れたときの安次郎の顔に陰鬱《いんうつ》な、救いようのない暗さが宿ったのを錬蔵は見逃していなかった。神隠しにあった女郎のなかにお夕がいるかもしれない、とのおもいが安次郎を捉《とら》えたに違いないのだ。

「神隠しにあった女たちのこと、探索せねばなるまい」

と告げたときの安次郎の顔に浮かんだ驚愕を錬蔵は目の端でとらえていた。

その驚愕は、ひとりで戦うことを強《し》いられた者が、藁《わら》の一本にも等しい情けを受けたときに不意に湧き上がる途惑《とまど》いでもあった。

（安次郎、おまえは独《ひと》りじゃねえ。お夕の探索、おれも蔭ながら手助けしてやる）

錬蔵は胸中でそう呼びかけていた。

二章　逃がし屋

一

　富岡八幡宮は永代嶋八幡宮とも呼ばれていた。

永代嶋八幡宮は寛永《かんえい》元年（一六二四）に長盛《ちょうじょう》法印が霊夢を見たことがきっかけで勧請《かんせい》された八幡宮である。寛永八年に本意が達せられ、寛永二十年に初めて祭礼を行った。祭礼はこの後、毎年催される式事となった。慶安《けいあん》四年（一六五一）には宮寺とされて大栄山《だいえいざん》永代寺と唱えた。

　そもそも深川は五代将軍綱吉治世の元禄《げんろく》時代（一六八八〜一七〇四）に小名木川の南に位置していた小島、永代嶋を中心に埋め立てて出来た地であった。

　永代嶋八幡宮は江戸の中心から離れていることもあって参詣する者も少なかった。

　幕府は、

「八幡宮は弓矢の神を祀《まつ》る武人の社。陸続きとなった永代嶋八幡宮をさびれさせてはならぬ」

と御法度をゆるやかにして八幡の社の手前二、三町については表店は茶屋でも多数の女を置いて参詣の者の相手をさせることを黙認した。

つまるところ深川は半ば遊里として公認されたも同然の扱いとなったのだった。

公儀の思惑どおり富岡八幡宮は参詣者で賑《にぎ》わうことになった。が、岡場所は八幡宮の隆盛にも増して、殷賑《いんしん》を極めた。

深川の遊所は次々と独自の世界を生み出していった。門前仲町の芸者は粋とかはすとかいって吉原の傾城《けいじょう》が数本の簪《かんざし》、数本の櫛《くし》で髷《まげ》を豪勢に飾りたてたのにくらべて一、二本の簪をさして簡素にきめたものだった。衣装も同様で吉原が金襴《きんらん》、深川は流行《はや》りの染色模様の小袖を着込み、素人っぽく見せ、張りと意気地を売り物にした。

江戸府内の岡場所に芸者は多数いたが吉原の花魁《おいらん》と伯仲するとの評判をとったのは辰巳芸者だけであった。

深川では、

――芸者は芸を売るもの
として売淫することを固く禁じた。が、仲町と表櫓では客が望み、芸者が受け入れれば、まれに床を共にすることもあった。

遊里の指南書ともいうべき『花散る里』によれば、

「深川芸者は羽織を着たために羽織と呼ばれた。羽織というものは、昔は山谷《さんや》堀の船宿の女房だけが着たものであった」

と記されている。

船宿の女房が羽織を着た姿が、なかなか小粋なものに見えたので芸者衆が採《と》り入れた、というのが羽織芸者が生まれたきっかけなのであろう。

門前仲町の河水楼《かすいろう》は馬場通りに面しており、摩利支天《まりしてん》横丁への入り口にあった。主人《あるじ》の藤右衛門《とうえもん》は河水楼のほかに表櫓、裾継、門前東仲町などの深川七場所に茶屋十数軒を有していた。河水の藤右衛門との通り名で呼ばれ、深川の遊里では、

――深川で三本の指に入る顔役
と噂されていた。

顔役といってもやくざ渡世に身を置いているわけではない。あくまでも茶屋の主人として、

――女の色香と遊びを売る遊里の商人《あきんど》
として稼業に励む者であった。

が、商いに災いをもたらす無法者はあくまで手厳しくあしらった。河水の藤右衛門は無頼に対抗する強大な「力」も備えていたのである。

大滝錬蔵は安次郎から河水の藤右衛門の噂話は聞いていた。が、まだ一度も顔を合わせたことはない。

「おそらく旦那が河水楼に遊びに来ていることは藤右衛門親方の耳にも入っているでしょう。新任の深川大番屋支配がどういう人物か、信用できるか否か、その実体を見極めているさなか、といったところじゃねえかと」

河水楼に来る道すがら安次郎がそういった。

耳を傾けながら錬蔵は、

（不思議な町だ）

とおもった。

御法度の埒外にある岡場所の茶屋の主人が人物の善《よ》し悪《あ》しを品定めする。深川は道義の仕切りには曖昧な土地柄なのだろう。もっとも、ほとんどの町に大なり小なり遊所がある深川に住み暮らす町人たちのすべてが、岡場所が生み出す儲《もう》けの恩恵にあずかっているに違いないのだ。

（いや、深川に住む町人のすべてが御法度の外へ一歩足を踏み出している者たちなの

かもしれぬ）
錬蔵は片頬に微《かす》かに苦い笑みを浮かせた。
そのとき、唐突に湧いたおもいがあった。
（河水の藤右衛門はおれをどういう物差しで測るつもりなのか）
いますぐにも、
（知りたい）
との衝動にかられた。
いずれにしても河水の藤右衛門にとって、
——損か得か
が物差しの根元にあるのはあきらかだった。錬蔵が知りたいのは、そこに、
——義と情け
があるかだった。
錬蔵は、
——やくざ者と一線を画している
とみえる河水の藤右衛門に興味を抱き始めている自分に気づいていた。
が、

――おれから近づくことはない

と決めていた。

用があれば河水の藤右衛門から近寄ってくる。それを待てばいいのだ。

もともと、

――頼りにするはおのれの力のみ

を信条に御役目に励んできた身である。いかに強大な権力の持ち主であっても他を頼りにする気はさらさらなかった。

河水楼についた錬蔵は安次郎ともども座敷に上がり、呼び出した羽織芸者お紋がくるのを待っていた。

と、

「お邪魔いたします」

との声が襖の外からかけられた。落ち着いた男の声だった。聞き覚えがなかった。

安次郎が片膝を立てて身構えたとき、

「入りな」

と錬蔵が応えた。

襖が両側から開かれた。両側から襖が開くということは、左右に人が控えていることを意味する。

安次郎がちらり、と視線を走らせた。錬蔵は表情ひとつ変えていなかった。

襖の蔭から男が現れた。五十近くの、黒い羽織り袴を身につけた、あらたまった姿だった。さして大きくはないが恰幅のいい躰から重厚な、人に頭を下げさせずにはおかない威圧を発していた。

あわてて安次郎が姿勢を正した。

入ってすぐのところに坐して、男は両手をついた。

「当家の主人、藤右衛門でございます。連日のお運び、ご贔屓《ひいき》にあずかりお礼かたがたご挨拶にまかり出ました」

「深川大番屋支配、大滝錬蔵だ。楽しく遊ばせてもらっている」

「しがない茶屋の主人には、そのお言葉が最高の馳走。楽しく、遊んでいただく。ただそれだけが岡場所の務めでございまする」

河水の藤右衛門は、あえて岡場所といった。

町奉行所与力の大滝錬蔵が出入りしている茶屋は、——御法度に外れた遊里だと河水の藤右衛門はいっているのだ。

安次郎はちらり、と錬蔵に目線を走らせた。

錬蔵が、にやり、とした。

「女、酒。すべてに吉原のように格式ばったところがない。気楽でいい。もっとも、遊興三昧にふけるほど豊かな懐具合ではない。たいした遊びもしたことはないがな」

「いえいえ。よいお客さままでございます。いまどき、座敷の引け時に、その都度勘定を済ませてくださるお方など滅多におりませぬ」

藤右衛門が笑みを含んでいった。

「金計算が苦手な質《たち》でな。払わぬとどれほど使ったかわからぬようになる。自分の稼ぎを超えたときのことをおもうと怖くなってな。ただ臆病なだけなのだ」

「これは、ご冗談を。臆病なお方には米を買い占めた越中屋さんを捕らえるなどの大胆なことはできませぬ」

「大胆と申すか」

「はい。越中屋さんは北町奉行依田豊前守さまとはご懇意の間柄」

「知っておったか、そのこと」

「お二方はこの河水楼にもたびたびお遊びにまいられました。多くの芸者衆を上げて、それは派手な騒ぎようでございました」

「噂は聞いている。仲がいいのはいいことだとおもう」

「が、米の買い占めは許せない。そういうことでございますか」

「あちこちで貧乏人が飢え死にする御時世だ。食い物の恨みは恐ろしいというぞ」

「なるほど、そうでございましたな。戦国の世では飢えた者が死人の肉を喰らった、とつたえ聞いております」

「それで飢えがしのげれば、それでもいいではないか。死人は魂の抜け殻。喰らわれても痛いとも辛いともおもうまい。死ぬる勇気がない者は生きるためには食い物をみつけて喰らうしかない。たとえ死人の肉を喰らっても、他の誰にも迷惑をかけてはおらぬ。生きる手立てをそれしかおもいつかなかった。ただそれだけのことだ」

ほう、と藤右衛門が息を呑んだのが傍目にもわかった。

「死ぬる勇気。生きる手立てをそれしかおもいつかなかった。ただそれだけのことでございますか。なるほど」

河水の藤右衛門がことばを切った。首を小さく振って、繰り返した。

「生きる手立て、でございますか」

錬蔵を見つめて、いった。

「お紋が申しておりました。南蛮渡りの、宝玉の飾りのついた七宝焼きの簪を見たときに大滝さまが『これは異国のものではないのか』と問われた。とぼけたら、それきり何も訊いてこない。見事なまでのほどのよさ、今時めずらしいお方だ、と」

「それは買いかぶりと申すもの。南蛮渡りのものだとの確信がなかっただけのことだ」

「買いかぶり、でございますか」

微笑もうとして何事かおもいついたか、膝を打った。

「これは挨拶にうかがっただけが、とんだお喋り。とっくに酒肴《しゅこう》の支度が出来ているはず。茶屋の主人がとんだしくじりでございました」

振り向いて、二度手を打った。

両の襖からふたりの男が膝行《しっこう》して姿を現した。二人が錬蔵に頭を下げた。

錬蔵が無言でうなずいた。

河水の藤右衛門が告げた。

「政吉《まさきち》、富造《とみぞう》。酒肴の手配だ。わしの分も用意してくれ。お紋が来るまでお相手をつとめるでな」

二

お紋と入れ替わりに河水の藤右衛門は引き上げていった。

お紋はひとりの芸者を連れてきていた。小染《こそめ》という源氏名《げんじな》の、稼業上の妹分にあたる女だった。十七、八ぐらいか。厚化粧の顔には、まだあどけなさが残っていた。

安次郎がいった。

「お紋さん、呼んだのは姐《ねえ》さんひとりだ。ふたり分の玉代《ぎょくだい》は払えねえよ」

深川では玉代のことを揚げ代ともいった。芸者や遊女で揚げ代の最も多い者を板《いた》頭《がしら》と呼んだ。見番《けんばん》には芸者や遊女の名を書いた板が掛けられていた。この板は稼いだ玉代の多少で列《なら》べられる順番が上下した。第一位を板頭もしくは板元《いたもと》といい、第二位を板脇《いたわき》と呼んだ。板頭は吉原の、それぞれの見世《みせ》の筆答格の遊女、お職《しょく》に相当するものであった。

「何だよ、昔の男芸者にもどったような口の利き方じゃないか」

お紋が流した目で睨みつけた。やけに色っぽいめつきだった。

安次郎が知っていたお紋は、まだ二十歳《はたち》前の、芸者として売り出し中のころであっ

た。その頃と比べると目線や身のこなしに、

「まるで別人のような」

色香と艶やかさがそなわっていた。

おもわず見とれた安次郎にお紋がいった。

「なんだよ。まじまじと見つめたりしてさ。照れくさいじゃないか」

安次郎が苦笑いを浮かべた。

「いやな、三年も顔を合わせないと、こうも変わるものかと驚いていたのさ。蛹《さなぎ》が蝶になったみたいだぜ」

「当たり前さ。あたしは何度も板頭になってるんだよ。それなりの修業を積んできたのさ。踊りに三味線、どうしたら色っぽく見えるか鏡と睨めっこしたり、身のこなしに着物のきこなし」

「そこまでにしねえな、お紋さん。お客さんがいらっしゃるんだぜ」

安次郎が笑みを含んだ。

「あれ、そうだったね。竹屋の太夫の顔見てるうちについつい仲間内の気持になっちまったよ」

「太夫と呼ぶのは止《や》めてくんな。いまのあっしは、竹屋の安次郎という岡っ引きさ」

おどけた仕草で懐から十手を取りだし、高く掲げて、腕まくりしてみせた。

「どうもぴんとこないねえ」

お紋が錬蔵に向き直った。

「旦那、いいんですか。これじゃまるで太夫の動きだ。こんなんで岡っ引きの親分がつとまるんですかね」

「時と所で人は変わるものさ。その変わり身の大きさが安次郎のいいところよ。積んできた太夫の修業が無駄になってねえと、おれはおもってるがね」

「これだ。いい組み合わせだよ、旦那と太夫は」

はっと口に手をあてて、

「いけない。また太夫といっちまった」

と小首を傾げてみせた。その仕草が、また小粋で色っぽい。

「ところで、お紋さんの差した簪、ちょっと拝ませてくれねえかい」

安次郎が手を出した。

「南蛮渡来の品と触れこみの簪だよ。こわしたら承知しないよ」

髪から簪を抜き取り、手渡した。

手にとって、しげしげと眺めた安次郎に錬蔵が声をかけた。

「お紋さんが南蛮渡来の品といってるんだ。まず間違いねえだろうよ」

「目利きじゃねえあっしには、よくわかりませんが滅多にお目にかかれねえ代物《しろもの》で」

手をのばしてお紋の髷に簪をさしてやった。お紋は安次郎の気儘にまかせている。

簪の差し具合が気にいらなかったのか、差しなおして、

「旦那、この簪、どっから手に入れたか、知りたかないですか」

ちらりと仇《あだ》っぽい流し目を錬蔵にくれた。

「知りたい、といったらどうする」

「教えてあげてもいいけど」

上目づかいに見て、わずかに間を置いた。ことばを継いだ。

「あたしの頼みを聞いてくれたら、教えてあげる」

「おい。焦《じ》らしはなしだ。恋のいろはの真似事をやってるわけじゃねえんだぜ」

安次郎が舌を鳴らした。

そんな安次郎を目線で制して錬蔵が応じた。

「どんな頼みだ」

「この子の、小染ちゃんの話を聞いて力になって欲しいのさ」

「力になって。おれにできることかい」

「旦那でなきゃできないことなのさ」

「話を聞かせてくんな」

「実は、小染ちゃんの幼なじみで土橋の遊女をやっていたお美津《みつ》って子が一月前に神隠しにあっちまってね」

「神隠しだって」

声を高めて安次郎がおもわず腰を浮かせた。

「何だよ、突然大声だしてさ。びっくりするじゃないか」

お紋が軽く睨みつけた。

「すまねえ。似たような話を聞いてきたばかりなんでな」

安次郎のことばに、

「似たような話？」

お紋が錬蔵に物問いたげな目を向けた。

錬蔵がいった。

「神隠しにあっている女が他にもいる。そういう噂話を仕入れてきたばかりだ」

「それじゃ他にも神隠しが起こっているっていうのかい」

息を呑んで、お紋が小染と顔を見合わせた。

「聞かせてもらおうか、その神隠しの話を」

錬蔵が告げた。

「小染ちゃん、しっかり話すんだよ」

お紋のことばに小染が大きくうなずいた。

お美津と小染は、深川は入船《いりふね》町の裏長屋で育った。木場の人足だったお美津の父は酒好きで、その日もほろ酔い気分で木置場で堀に浮かべた丸太を選別して引き上げる作業をやっていた。乗っていた丸太から足を踏み外して掘り割りに落ちた。その拍子に傍にあった別の丸太にまともに頭をぶっつけて気を失い、堀に沈んだ。仲間の人足たちが救い出したときにはすでに死んでいた。頭の骨が陥没していた。頭の傷が致命傷であった。

酒好きの人足のつね、多額の借金を残していた。母はお美津の幼い頃、亭主に愛想づかしをしたのか、家を出て行方さえ知れなかった。お美津は父の残した借金のかたに地回りのやくざを通じて土橋にある遊女の置屋に売られた。お美津が十四のときだった。

同じころ、その入船町の裏長屋で母の病の治療代のために門前仲町の芸者の置屋へ身を売ったのが小染だった。錺《かざり》職人の父は腕が悪く、細工の注文も少なかった。が、気位だけは高く、他の仕事をやろうとはしなかった。日々の暮らしは母が壁土を捏ねるなどの土方仕事をしてやっと支えていた。無理がたたったのか、その母が病に倒れてからというもの薬代はもとより日々の食い物にも事欠く毎日だった。

同じ年の小染とお美津は似たような境遇のせいか暇をみつけては出会って、たがいに慰め合った。血のつながりはないが次第に姉妹同然の付き合いとなっていった。小染に、芸事の修業に励みながら座敷へも出るような話が出始めた十五の頃、お美津が客をとらされた。

初めて客から躰を開かされた夜の翌朝、真っ青な顔でお美津が小染を訪ねてきた。

慰めることしか小染には出来なかった。

「そんなこんなで二年がたちました。やっと男相手の稼業に慣れた、とお美津さんに笑顔が戻ってきた矢先に神隠しに……」

一気に話して小染は涙ぐみ、誰に聞かせるともなくつぶやいた。

「いままで何一ついいことがなかった。それなのに、なんでまた、神隠しなんかに……」

錬蔵は腕組みをし、目を閉じたまま小染の話に聞き入っていた。

目を開いて、小染を見つめた。

「お美津さんがいた置屋へ案内してくれ。神隠しにあった前後のことをくわしく知りたいんでな」

小染の顔に驚きが走った。

横からお紋が興奮したように、

「それじゃ旦那は、お美津さんの神隠しの一件、乗りだしてくれるのかい。本気、本気なんだよね。その場しのぎの軽口じゃないよね」

錬蔵が無言でうなずいた。

安次郎が口をはさんだ。

「しつこいぜ。お紋さんらしくねえな」

「だってさ。深川大番屋の旦那衆は日和見《ひよりみ》の奴らばかりじゃないか。やくざ者に堅気の町人が手ひどく、いたぶられていても知らんぷりして通りすぎる。そんな景色を何度も見てるんだよ、あたしは」

「大滝の旦那は違うぜ」

「どう違うのさ」

安次郎が、ちらり、と錬蔵に目線を走らせた。

その目が、

——聞き込んだことを少し話していいか
と問うていた。

錬蔵が顎《あご》を小さく引いた。

安次郎がいった。

「口の堅いお紋さんだからいうけどよ。あっしが聞き込んだところじゃ、ここ二月で二十人ほど岡場所の女が神隠しにあっているという噂だぜ」

「ほんとかい」

お紋の顔に驚愕があった。

錬蔵が、告げた。

「どこの誰にあたれば神隠しにあった女に行きつくか。まずは、そこから始めねばなるまいとおもっていたところだ。おれにとっても、手間がはぶけて、まこと、ありがてえ相談ごとだったぜ」

「姐さん」

「小染ちゃん」

ふたりが手を取り合った。

お紋が錬蔵を振りかえっていった。

「南蛮渡来の簪をくれたのは廻船問屋の五島屋《ごとうや》さんですよ。上々のご贔屓筋なんだけど、つかみ所がないお人で、どこまでがほんとで、どこから嘘っぱちなのか、わかりにくいんですよ」

「ほんとに南蛮渡来の品か、はっきりとはわからない。そういうことだな」

錬蔵が念を押した。

「そうなんですよ。五島屋さんは取引先からもらったものだ、といってました」

「誰からもらったか、聞かなかったのかい」

「ええ」

と応えたお紋が、

「なんならあたしが五島屋さんに探りをいれましょうか。誰からもらったのかって」

「そうしてくれるとありがてえ。十手片手に聞き込みにいっても、まともな話をしてくれる相手とは、とてもおもえねえしな」

安次郎が身を乗りだした。

「そいつは止めにしてもらいてえ」

錬蔵がやんわりと告げた。

「どうして？　折角お紋さんが探ってくれるといってくれてるのに乗らない手はないんじゃねえですか」

安次郎が不満げに口を歪《ゆが》めた。

「こいつはおれたちのやるこった。どんな悪党がからんでいるかもしれねえ。お紋さんを危ねえことに巻き込むわけにはいかねえよ」

お紋を見やって、つづけた。

「そういうわけだ。その気《き》っ風《ぷ》、ありがたく受け取っとくぜ」

「水臭いねえ、大滝の旦那。深川の女から嫌われるよ」

お紋が恨みがましい目つきで睨みつけた。

三

翌朝四つ（午前十時）、お紋は御厩《おうまや》河岸の渡し場近くの五島屋にいた。

「浅草寺《せんそうじ》へ参詣に出向く通りすがり、挨拶代わりに顔を出しましたのさ」

と告げたお紋を、応対に出た手代の友吉《ともきち》が店脇の座敷へ通した。友吉は主人の五島屋定五郎《じょうごろう》に付き添って、しばしば深川の茶屋に出入りし、お紋とは顔見知りであった。

薄化粧で堅気の小商人の女房風に装ってはいるが、さすがに深川の売れっ子芸者、滲《にじ》み出る色香は隠しようがなかった。

待つことしばし……。

五島屋定五郎が姿を現した。

「これは、おもいもかけぬ生き弁天さまのご入来。朝から縁起のいいことだ」

五十過ぎの、酒焼けした皺《しわ》深い赤ら顔を笑み崩した。

「実のところ、商いの邪魔になったんじゃないかと気にしてましたのさ」

お紋が仇《あだ》な流し目を定五郎にくれた。

「いやいや。お紋の艶姿をお座敷以外の処《ところ》で見られるとは目の保養。商いのことなどすっかり忘れていますよ」

とやに下がった。

「実はね、旦那にお願いごとがありますのさ」

お紋が身をくねらせて一膝にじり寄った。

「願い事？　何だね」

お紋が髪から簪を抜き取った。五島屋からもらった南蛮渡来の品だった。

「これと同じとはいいませんが、似た品を欲しがってる同業がいましてね。どこへ行けば手に入るか教えてもらいたいんですよ」

お紋が差し出した簪を眺めて、五島屋がいった。

「この品はめったに手に入らない代物だ。わたしも出入りの廻船の、千石船の水主《かこ》頭《がしら》からもらったものなのさ」

「深川では手に入らない品なんですか」

「どうしても欲しいのかい」

「約束しちまったんですよ、その妓《こ》に。必ず手に入るとこを教えてあげるって」

「ほかならぬお紋の頼みだ。何とかしてやりたいが……」

お紋が両手を合わせて拝む仕草をした。

「お願い、旦那」

合わせた手に五島屋が手を重ねた。

「冷たい手だ」

「旦那、いけませんよ。奥にはお内儀《かみ》さんが……」

するりと手を抜いたお紋を苦笑いで五島屋が見やった。

「興ざめなことをいいなさんな。わたしの気持はわかっているくせに」

「それより旦那、焦らさないで教えてくださいよ、これと同じような簪、何が何でも欲しいんですよ」

「困ったねえ。その簪をくれた水主頭が乗っている海鳴《かいめい》丸はもう江戸湾を出ちまったし、どうしたものか」

うむ、と首を捻《ひね》った。ぽん、と手をうって、つづけた。

「海鳴丸の船主の持ち船、南流《なんりゅう》丸がここ数日のうちに江戸湾に入ってくるよ。薩摩《さつま》や琉球《りゅうきゅう》の物産を運んでくる。その南流丸の船長《ふなおさ》とは無理を聞き合う付き合いをしている」

「何とかなる。そういうことですね」

「明晩、河水楼にあがる。呼ぶから、そのときに、もう少しはっきりしたことがいえる」

「旦那、恩に着ますよ。南蛮渡来の簪を手に入れてやる、妹分の妓に言い切ったわたしの顔が立ちます」

艶然と微笑んだ。

その頃……。

錬蔵と安次郎は小染から聞いたお美津を抱える子供屋、さん崎《さき》屋にいた。岡場所では遊女や芸者を子といい、置屋を子供屋といった。

表口の土間に錬蔵と安次郎を立たせたまま、さん崎屋の主人の東吉《とうきち》は、

「上がれ」

ともいわずに上がり端に坐っている。

東吉は幇間あがりの五十半ばの小男だった。丸顔で狸の置物に似ている。愛嬌のある、その顔には困惑が浮き出ていた。

「お美津の行方が知れないなんて、だれが旦那のお耳に入れたので」

東吉が逆に探りを入れてきた。

「鞘番所に投げ文があったのだ。さん崎屋の子供のお美津の姿が見えない。行方知れずになったようだ。探してくれ、と書いてあった」

応えた錬蔵から目をそらして東吉がいった。

「いたずらかもしれませんぜ、その投げ文」

「いたずら、と申すか」

「いたずらでなければ悪い冗談……私には、そうとしかおもえませんがね」

「お美津の他にもどこへ消えたか姿がみえなくなった女が何人もいるんだ。悪い冗談

なんて悠長な話じゃねえんだよ」

　横から口を挟んだ安次郎を東吉が、じろりと見上げた。

「竹屋の太夫、おまえさんも、この深川じゃ毒の強い口八丁の喋りで贔屓筋に多くの旦那衆を抱えていた売れ筋の幇間だった男じゃないか。遊女が姿をくらましたぐらいで大騒ぎしてたら、あちこちの親分衆から横槍が入って商いがやりにくくなる。そのくらいのことは百も承知だろうに」

「よくわかってるよ。けどな、十手を預かった以上、ほっとくわけにはいかねえんだ」

　懐から十手を取りだして、東吉の眼前に突きつけた。

　東吉が露骨に眉を顰《しか》めた。

「竹屋の、あまりいただけねえ了見だね。十手持ちになるなんざ深川幇間の面汚《つら》しというもんだぜ」

　安次郎がせせら笑った。

「それも承知よ。土地を仕切るならず者の顔色をうかがいながら堅気の衆が暮らしている。そんな深川なんざ、とことんぶち壊してやりてえ。命のひとつやふたつ、捨てる気で手にした十手だ」

東吉が薄く笑った。愛嬌のある顔のどこに、これほどの皮肉と厭味《いやみ》が潜んでいたかと驚かされるほどの陰険さが浮き出ていた。

「おまえさんの命のひとつやふたつで変わる深川じゃねえよ」

「変えてみせるさ。そいつが深川生まれの深川育ち。生粋《きっすい》の深川っ子のおれが、生まれ在所にしてやれる唯一つのことだとわかったんだ」

「威勢がいいんだねえ。二十間川あたりで土左衛門《どざえもん》になって浮くのが精一杯のところだろうよ」

「てめえ、いわせておけば……」

安次郎の十手を持った手に力がこもった。

それまで黙ってふたりのやりとりを聞いていた錬蔵が口を開いた。

「お美津が行方知れずになった前後数日の様子を聞きたい。話してくんな」

低いが有無《うむ》をいわせぬものが声音にあった。

「十手者のいうがままになっていたら暮らしていけねえのが深川だ。御上の威光も此《こ》処《こ》じゃ深い靄《もや》に覆われて霞んでらあな。帰ってくんな」

声高にいった東吉の胸ぐらに錬蔵の手が伸びた。摑むや、ねじりあげた。

「御上の威光が霞んでるかどうか、てめえの躰にたっぷりと教え込んでやるぜ」

錬蔵の目が細められた。

利那……。

東吉の躰は宙に舞っていた。表戸に叩きつけられた東吉は戸ごと通りへすっ飛んだ。追って出た安次郎が動きを止めた。目の端にあわてて町家の蔭に身を隠す男の姿を捉えたからだった。

「旦那」

振り返った安次郎に出てきた錬蔵が応えた。

「気づかぬふりをしろ」

「旦那も見られたんで」

「ちらり、とな。河水楼にいた富造という若い衆だ」

表戸を敷物がわりに横たわり、あまりの痛さに呻いている東吉の背を踏みつけて錬蔵が告げた。

「鞘番所へ縄付きで連れていかれたいか、それとも、てめえの足で歩いていくか。どっちにするね」

踏みつけた足に力をこめた。

「歩く。歩いていく。何でも聞いてくれ。洗いざらい話す。痛いっ。勘弁してくれ」

手足をばたつかせて東吉がわめいた。

九つ（午後十二時）の時鐘が鳴っている。五島屋を後にしたお紋は鞘番所へ向かっていた。手には、永代寺門前仲町にある鰻屋『川三《かわぞう》』で買い求めた、

——深川で一、二のうまさ

と評判の江戸前の鰻の蒲焼き三人前が入った包みをぶら下げている。

鞘番所の門番所の物見窓のそばに寄ったお紋が声をかけた。

「大滝錬蔵さまにお目にかかりたく罷《まか》りこしました。お紋がきた、と取り次いでくだされば話が通じるはず」

物見窓の障子が細めに開けられた。

「御支配様はお留守だ。出直してまいれ」

閉めようとした門番にお紋が食い下がった。

「大事な用向きでございます。お帰りになるまで中で待たせていただくわけにはまいりませぬか」

中で門番たちが何やら話し合っている。ひとりでは判断しかねて同役の者と相談しているのであろう。

やがて、門番所の表戸が開く気配がし、ほどなく表門の潜り口の扉が中から開けられた。

顔を出した門番が告げた。

「門番所でよければ入って待つがよい。いっておくが御支配様がいつ帰られるかわからぬ。待ちぼうけということもあるぞ」

「かまいません。邪魔にならぬよう隅ででも待たせていただきます」

お紋が深々と頭を下げた。

東吉を連れた錬蔵と安次郎が鞘番所に戻ってきたのは、お紋がやってきてから半刻（一時間）ほど後のことだった。

門番所で待っていたお紋を見て錬蔵はただ微笑んだだけだった。

「おれの長屋へ案内しておいてくれ」

そう門番へ言い置いて、錬蔵は門番所から出た。

仮牢の前に安次郎と東吉がいる。東吉が手を合わせて、しきりに頭を下げていた。

顔なじみの安次郎を拝み倒して、お目こぼししてもらおうと必死なのだろう。安次郎はそっぽを向いて知らんぷりをしている。

錬蔵は噴《ふ》き出したくなるのを堪《こら》えた。東吉の仕草があまりにも芝居がかっていて、

（これでは誰ひとりとして、やっていることを本心からのものとおもってはくれまい）

と判じたからだ。

男芸者の修業に励み過ぎて、身も心も、いや骨の随《ずい》まで幇間の仕草が染《し》みついている。存外、東吉の根っこは生真面目な小心者なのかもしれない。そうだとすれば、使いようがある。錬蔵は、ふむ、と顎を縦に引いた。

（そうするには、もう一締めする必要があるな）

錬蔵はゆっくりと歩み寄った。

気づいた安次郎が苦笑いをして、目線を東吉に流した。東吉はすがる目つきで錬蔵を見つめている。

錬蔵が冷たく言い放った。

「当分仮牢に入っていろ。すべて吐き出す気になるまでな」

「旦那、勘弁してくだせえ。このとおりだ」

土下座した東吉は合掌した手を頭より高く掲げて額を地面に擦《こす》りつけた。

「安次郎、連れてこい」

仮牢へ向かって錬蔵が歩きだした。

「起きな。引きずっていくことになるぜ」

安次郎が襟首を摑んだ。東吉が渋々と立ち上がった。安次郎に襟首を摑まれたまま力なく歩き始めた。

四

錬蔵とお紋は、長屋の庭に面した座敷で向かい合って坐っていた。春のたおやかな陽差しが閉めきった戸障子に照り映えている。

台所から団扇《うちわ》をあおぐ音が聞こえてくる。安次郎がお紋の持参した鰻の蒲焼きを、

「多少の手間をかけても、あぶっておいしく食べたほうが鰻の供養にもなるとおもいやすんで」

と火をおこしているのだ。

お紋が五島屋を訪ねて聞き出した話のあらましを語り終えたころには、蒲焼きのうまそうな匂いが座敷にも漂ってきた。

「南流丸か。その船が江戸湾に入ったら抜け荷のこと、少しは探索できるかもしれぬ

な」

　お紋が身を乗りだしていった。

「五島屋さんがらみのことは、わたしが調べてあげますよ」

　錬蔵がお紋を見つめた。

「その様子では、手を引け、といっても聞く耳は持つまいな」

　お紋がにこやかに微笑んだ。

「深川の女は、こうと決めたら後には引きませんのさ」

「けして無理はするな。余計なお説教は御免ですよ」

「何ですか。それと」

「面倒でも、わかったことは、どんな些細《ささい》なことでも、すべて報告してくれ」

「そうしますよ。けどね」

「何だ」

「旦那を待つのは、このお長屋のなかってことにしてくださいませんか。門番所で長い間待ってるのは、どうも肩が凝《こ》って、欠伸《あくび》もできやしない」

「よかろう。門番にお紋さんが来たら長屋に通すように、と指図しておく」

「毎日、押しかけるかもしれませんよ」

「用事があるなら仕方あるまい。ただ、待ちぼうけになることもあるかもしれぬ。そのときは許せ」

「待ちぼうけになったら、翌日来ます、と門番さんに刻限を言い置いて帰ります。刻限どおりに来ますからね、居てくれなきゃ困りますよ」

「約束はできぬ」

「約束してくださいよ」

お紋がうらめしげな目つきで軽く睨んだ。

「役目がら、にわかに出かけねばならぬときもある。守れぬ約束はできぬ」

「それなら、出かけなおして来ますよ。御用の向きじゃ仕方ないじゃありませんか。あきらめますよ」

「聞き分けのいいことだ」

「道理がたてば聞き分けのいいのも深川の女のいいとこですよ」

錬蔵は無言で微笑んだ。

と、台所から安次郎の声がかかった。

「旦那、いい按配《あんばい》に仕上がりましたぜ。飯も温めやした。飯にしやしょう」

同心部屋にも鰻の蒲焼きの匂いが流れてきていた。

土間では松倉が鍋をおいた七輪をしきりにあおいでいる。

小幡が飯櫃《めしびつ》の前に坐っている。溝口や八木の前には箱膳が置かれていた。

八木が鼻をひくつかせて、

「鰻の蒲焼きの匂いがする。どうやら匂いのもとは御支配の長屋のようだな」

「さっき門番所へ顔を出したら大騒ぎでな」

溝口が卑《いや》しく薄ら笑った。

「何の騒ぎだ」

八木が興味を露《あら》わに問いかけた。

「どうやら御支配を訪ねてきたのは門前仲町の芸者のお紋らしい。門番のひとりにお紋の顔を見知った者がおってな。それでわかったのだ」

「お紋といえば、門前仲町で三本の指に入るという売れっ子ではないか。連夜のお遊びの成果が出たというわけだな」

八木が厭味な口調でいった。

「やれやれ、我ら同心は三十俵の微禄の身、二百俵の与力様とは懐具合が違う。どこへ行かれているか知らぬが昼間っから連日の外歩き。ろくなお務めぶりともおもえぬ。我らが出した調べ書など目も通されていないのではないか」

溝口が不満げに吐き捨てた。

「まさしく、そうであろうよ。とても、まともにお務めする気にはならぬ」

肩が凝っているのか八木が首の根もとを軽く叩いた。

「しかし、私が起き出す明《あけ》六つ（午前六時）には、きまって御支配の長屋の庭から風を切る音が聞こえてきます。半刻ほど音はつづきます。塀越しのことゆえ見たわけではありませぬが、あれは大刀を打ち振る音ではないかと」

土間から、背中を向けたまま松倉が、小幡のことばを受けた。

「わしも聞いたことがある。年寄りは朝の目覚めが早いでな。起き出せぬまま夜具のなかで何度も風切音を耳にしている」

溝口が苦笑いをしていった。

「御支配をかいかぶっているのではないのか。そのような地道な修行を為す人とは、とてもおもえぬ」

「御支配は御奉行から嫌われて鞘番所へ左遷されてきたのだ。どの程度の人物か、その一事でもわかる。小幡、寝惚《ねぼ》けていたのではないのか」

八木の言いぐさに小幡が口を尖《とが》らせた。

「寝惚けてなんかいませんよ。毎朝、寝惚けているはずがない」

その場に殺伐とした気が流れたとき、松倉の、のんびりした声が聞こえた。

「根深汁が温かくなったぞ。やっと昼餉《ひるげ》にありつける」

「やれやれ。御支配は鰻の蒲焼き。我らは鯊《はぜ》の佃煮と香の物に根深汁か。満足に食えるのは飯だけだ。小幡、大盛りで頼む」

溝口が茶碗を差し出した。

錬蔵は永代橋を渡っていた。大川の河口が開いて江戸湾に連なっている。頭をもたげて寄せ来る波が白く砕け、海へと流れ込む川の水を押し戻した。その白波を下ってきた流れが押し返す。

ぶつかり押し合ったあたりが渦を巻き、川底の泥をすくいあげては土色に水面を染めた。

海原に吹く風は陸《おか》で感じるより強いのかもしれない。千石船が数十隻、沖合に向かって折り重なるように停泊していた。舷側に記してある船の名もさだかには読み取れない。

「いままでじっくりと眺めたことがありませんでしたが、あらためて見てみると江戸湾には、かなりな数の千石船が泊まっているんですね」

背後から、わずかに遅れてついてきている安次郎が声をかけてきた。

「江戸は将軍家のお膝元だ。諸国からいろいろな物が集まってくる。それも生半可《なまはんか》な量ではない。それでも江戸は物不足だ。貧乏人は満足に飯も食えずにいる」

振り向くことなく、錬蔵が応えた。

「四年前に、あっしが住んでいた長屋でも飢え死にした爺《じい》さんがいやした。身寄りのない一人暮らしでして病がちであまり外へ出てこない。それで、つい気づかずにいたら、いつのまにか息を引き取っていやした」

錬蔵は聞いているのかいないのか、黙って歩みをすすめている。

安次郎が、つづけた。

「もっとも、気づいても爺さんに三度の飯をちゃんと食わせてやれる者などいやしねえ。てめえたちのことで精一杯、知らんぷりしてかかわらない口を選んだってのがほんとのところじゃねえかと。あっしもそのうちのひとりですがね」

「仕方あるまい。人は、おのれの分《ぶん》以上のことはできぬ。無理して助けようとすれば共倒れになる。他人のために命をかける者など、めったにおるまい」

「しかし、旦那はてめえの命を賭けていらっしゃる」

「それがおれの務めだ」

鍊蔵は、それきり口を閉じた。

安次郎も話しかけようとはしない。

永代橋を渡りきったところで、足を止めた鍊蔵が安次郎を見返って、いった。

「これから御船手方《おふなてかた》の役宅へ向かう。屋敷の江戸湾に面した一画に物見場がある。おれが御船手の役人から聞き込みをしている間に物見場へゆき、停泊している船の名をあらためてくれ。海鳴丸が、まだ碇をおろしているかもしれぬ」

「それじゃ、旦那は五島屋がお紋に嘘をついてると」

「わからぬ。もし、海鳴丸がいたら、五島屋のことばの裏を探る必要がある。もっとも、五島屋は海鳴丸が出港したものとおもいこんでいるだけかもしれぬがな」

「わかりやした。目を皿にしてあらためまさあ」

鍊蔵が無言でうなずいた。

船手方は若年寄の支配下にあり、幕府の海軍ともいうべき組織である。船手頭は向《むか》井将監《いしょうげん》。家禄二千四百石の向井家が代々将監を名乗り、役職を受け継いだ。

大川、隅田川や江戸湾に入ってくる船の監視、島送りの流人《るにん》船の運航が船手方の、主な役務であった。

船手方の役宅の同心詰所の一画で、錬蔵は水主《かこ》同心、佐々木礼助《ささきれいすけ》と向かい合っていた。

佐々木礼助が調べ書を繰っていた手を止めた。

「海鳴丸はまだ江戸湾に停泊していますな」

「いつ入港したのですか」

佐々木が指を折って数えた。

「ざっと二月近くになりますかな」

「二月近く……」

錬蔵が小さく首を傾げた。

「長くはないですか」

「積み込む荷の関係で船によって停泊している間はまちまちですから。しかし、そういわれれば二月とは、ちと長いですな」

「海鳴丸は何を積んで出港するのですかな」

「積み荷については調べがついておりませぬが」

「積み荷のなかみ、船長に問いただしてもらえませぬか」

佐々木礼助が、うむ、と首を捻った。

「海鳴丸に何か不審の筋がある。そういうことでござるか」

「ただの勘ばたらき。証《あかし》となるものは何一つ、ありませぬが」

「それなら新たな調べごとの頼みは受けかねまする。人手不足でただでさえ忙しく立ち働いております。これ以上の手間はかけとうない」

錬蔵は黙って佐々木礼助を見つめた。

調べ書を閉じて、佐々木が告げた。

「何かと御用繁多。これにてお引き取り願いたい」

「聞きたいことができたら、また伺いたい。そのときはよろしゅう」

「勘ばたらきには、つきあいかねる。そのことだけは肝《きも》に銘《めい》じていただきたい」

佐々木礼助は調べ書を手にして立ち上がった。


船手方の役宅を出た錬蔵と安次郎は高橋のたもとで足を止めた。亀島《かめじま》川を挟んで稲《いな》荷《り》橋を参道がわりとする鉄砲洲浪除稲荷の赤い鳥居や本殿が境内の木立ごしに見えた。

ふたりは、船手方の役宅を出てから、ひとことも口を聞いていなかった。

「旦那、海鳴丸は、まだ江戸湾に碇をおろしてますぜ。この目でしっかりと船体に書かれた船の名を見極めやした」

安次郎がいった。溜めていたものを一気に吐きだした。そんな物言いだった。

「そのこと、おれも水主同心の佐々木殿から聞いておる」

「五島屋はお紋に嘘をついた。あっしは、そう睨んでおりやす」

錬蔵は応えなかった。

しばし黙ったのち、告げた。

「海鳴丸がまだ江戸湾の沖合に泊まっていること、お紋にいってはならぬ」

「それは……」

なぜ、といいかけて安次郎は口を噤《つぐ》んだ。錬蔵がいわんとしていることが推量できたからだった。

「お紋の気性だ。嘘をつかれたと思いこんだら五島屋へ怒鳴り込むかもしれぬ。そうなれば探索の道が閉ざされることにもなりかねぬ。また、五島屋に隠し事があるとしたらお紋の身に危害が及ぶ恐れもでてくる」

「あっしもそうおもいやす」

「お紋には悪いが、このまま五島屋に探りをいれつづけてもらおう。おれたちの調べたこととお紋の調べたことに食い違いがでればでるほど五島屋への疑念が深まる」

「五島屋を調べやすか」

「後回しでよかろう。お美津の行方を追う。そのことが先だ」

　錬蔵のことばに安次郎は黙り込んだ。お美津の探索はお夕の行方探しに通じる。安次郎はそうおもっていた。そんな安次郎の心持ちを察して錬蔵が、お美津の探索をすすめようとしている。安次郎は、そんな錬蔵の心配りを痛いほど感じとっていた。

「……熱心なことだ」

　錬蔵が、ぼそりとつぶやいた。

「誰が、ですかい」

「安次郎も気づいておろうが」

「尾《つ》けられてますね、今日も」

「今度は政吉のようだ。町家の蔭に政吉、少し離れてもうひとり。ふたりで組んで尾行している。ひとりが見逃しても、もうひとりが後を尾ける。動きのひとつも見逃すまいという形だ」

「河水楼の親方はあっしたちの敵にまわった。そうみるべきですかね」

「わからぬ。気づかぬふりをしていろ。そのうち河水の藤右衛門のほうから答を出してくれるさ」

鍊蔵は踵《きびす》を返した。河岸道を永代橋へ向かって歩きだす。ぐるりに視線を走らせて安次郎がつづいた。

五

土橋のさん崎屋には見知らぬ男がいた。髭の濃い、見るからにやくざ者といった目つきの悪い男だった。

「東吉さんがお役人に連れて行かれたということで留守番にきておりやす」

上がり端に坐り、鍊蔵と安次郎を探る目で見上げた。

「調べの筋があったんでな。東吉には三日ほど深川大番屋に泊まってもらうことにした」

鍊蔵が応えた。

「御苦労さまでございます」

男は深々と頭を下げた。なぜ連れて行ったのか、そのわけを聞こうともしない。

「留守をまかせられてるんだ。東吉とは深いかかわりがあるんだろう」

「このあたりは浮島《うきしま》一家の縄張りで」

「おまえさんは一家のいい顔ってわけだな」

「代貸で、永五郎《えいごろう》と申しやす。お見知りおきください」

「おれのことは聞かないのかい」

「存じておりやす。深川大番屋の新しい御支配の大滝錬蔵さま。門前仲町の河水楼に連夜のお上がりだそうで」

　錬蔵が、にやり、とした。

「おれも有名になったものだ。ろくに茶屋遊びもできねえな」

「縄張りが入り組んでおりやす。何があってもその日のうちに噂は聞こえてきますんで」

「それで東吉のこともすぐわかったってわけか。朝のことだぜ」

「昼飯を食い終わったところで若い者から聞きやした。で、親分のいいつけで留守を守りに。何せ女たちには金がかかってますんで。なかには逃げだそうとする不心得者もおりやす」

「その顔つきじゃ、逃げた女はいなかったようだな」

「東吉の躾《しつけ》がいきとどいてますようで、感心いたしやした」

「何かあった時には姿をくらます女もいるのか」

「よくあることでさ。もっとも、めったに逃がすものじゃありませんがね」

「捕まえたら女たちには手ひどい仕置きをくわえるのか」

永五郎が安次郎に目線をくれた。鋭い、敵意の剝《む》き出た、毒のある眼差しだった。

「仕置きがどんなものかは、そちらの男芸者あがりの親分さんがよくご存じのはずで。大番屋の責めと似たようなものでさ」

「それじゃあ下手《へた》すりゃ死ぬんじゃねえのかい」

「東吉を責めにかけるつもりじゃねえでしょうね」

永五郎が目を細めた。

「どうかな。東吉の舌の回り具合で決まることだ。棺桶がわりの戸板に乗せてこの家にお戻りってこともあるかもしれねえ」

「旦那、やりすぎはいけねえ。そろそろ陽が落ちる。暗闇になると何が飛び出すかわからねえのが深川ってとこで」

「おれが聞きてえのはお美津のことだけよ。永五郎さんとやら、東吉に代わっておめえさんが喋ってくれてもいいんだぜ」

永五郎が、薄く笑った。

「旦那、ご冗談を。それより、そろそろ商いが始まる時刻でございます。できれば、ここらでご勘弁を願いたいんで」

「できねえな。この屋にいる女たち、いや子供たちといった方がわかりがいいか、そいつらから話を聞こうとやってきたんだ。無駄足する気はねえんだよ」

永五郎が黙りこんだ。

錬蔵は表情ひとつ変えず永五郎を見つめている。

わずかの沈黙があった。

「わかりやした。手短にすませてくだせえ。女たちを一部屋に集めやす」

上がり端から入ってすぐの座敷に七人の女たちが集められた。

「子供はお美津を入れて八人で。東吉の奴は、けっこうな縁起担ぎで『末広がりの八』にちなんで子供は八人、と決めている、と常々いっておりやした」

永五郎は座敷の隅に坐って、出て行こうとしなかった。

「調べの筋だ。席をはずしてくんな」

有無をいわせぬ錬蔵の口調だった。

渋々立ち上がった永五郎は襖を開けて、出て行った。足音がすぐに消えたことから察して隣りの座敷との境の、襖の際に坐って聞き耳をたてているに違いなかった。

「お美津といい仲の野郎に心当たりはねえかい」

立ったまま居流れた七人の女を見つめて、錬蔵がいった。女たちが顔を見合わせる。一番若い女が物いいたげに身を乗りだした。年嵩《としかさ》の女が首を横に振って制した。気づいた若い女が慌《あわ》ててうつむいた。

錬蔵も安次郎も女たちの動きを見逃してはいなかった。

が、錬蔵の口から出たのは意外なことばだった。

「どうやらお美津には、いい仲になった男はいなかったようだな」

おもわず安次郎が錬蔵を見やった。錬蔵が永五郎が消えた襖にむかって、さりげなく視線を流した。察して、安次郎は口を噤んだ。

「手間をとらせたな。これで終《しま》いだ」

錬蔵が女たちに告げた。

すでに陽が落ちて、あたりは闇につつまれていた。三十三間堂町の遊里では、遊びに来た男たちの袖を引く女たちの声が重なりあって聞こえている。

遊女屋のなかから錬蔵と安次郎が出てきた。愛想笑いを浮かべ揉《も》み手した男が送って出て、頭を下げた。

　錬蔵と安次郎は土橋から三十三間堂の遊里へと場所を変えて聞き込みをつづけていた。

「もう一ヵ所足をのばすか」

「洲崎の遊里が間近。入江町の時鐘が、さっき五つ（午後八時）鳴りやしたから、そろそろ五つ半（午後九時）になる頃かと」

　錬蔵の問いかけに安次郎が応えた。

「数が増えたな」

「へい。三人ほど尾けてきておりやす」

　錬蔵が片頬に皮肉な笑みを浮かべた。

「どういう出方をするか、試してみるか」

「できるだけ人気《ひとけ》のないところを選んで歩こう」

「と、いいやすと」

「なあるほど」

　安次郎が、心得顔でうなずいた。

「襲ってくるか見張るだけのために尾けているのか、試そうということですかい」

「そのとおりだ。だいぶ岡っ引きらしくなってきたな」

「止《よ》してくださいよ。岡っ引き稼業にどっぷり漬《つ》かる気はこれっぽっちもありやせんや」

人差し指の先端近くを親指で押さえた。

「まっとうに生きる町人たちを守るのが岡っ引きの真の務めだ。袖の下目当ての岡っ引きが多すぎる」

「旦那のそばにいる間は岡っ引き稼業に精を出しますよ」

安次郎は汐見橋を渡って左へ折れた。入船町の河岸道を道なりに行き、入船橋へ出た。堀川を渡り島田《しまだ》町を抜け、筑後《ちくご》橋のたもとで立ち止まった。川の向こうには広大な木置場が広がっている。

このあたりには大身旗本の屋敷や材木問屋などが建ちならび、遊里があちこちに点在して賑わう深川とはおもえぬほど寂寞《せきばく》とした有り様だった。

あたりには人の気配どころか野良犬の姿さえ見えなかった。

錬蔵がぐるりに視線を走らせ、低くいった。

「どうやら襲うと決めた奴らがいるな」

「あとのふたりは日和見ってとこですかね」

「そうらしいな。おたがい多少の剣の心得はある。無用な斬り合いは避けよう。血路を開いたら逃げる。落ち行く先は河水楼だ」

「河水楼？　敵に回ってるかもしれねえ相手の店ですぜ」

「商いをやってるんだ。客を襲うことは、まず、あるまいよ。それに鞘番所より近い」

「なあるほど。来やしたぜ」

十数人のやくざ風の男たちが町家の蔭から現れ、半円の形をとって錬蔵たちに歩み寄った。

先頭に立つ男に見覚えがあった。浮島一家の永五郎だった。

「ほう。荒松一家か、と推量していたが、あてが外れたか」

錬蔵がつぶやいた。その場の殺気走った空気と、およそ場違いなのんびりした口調だった。

永五郎たちが足を止めた。

錬蔵は無言で永五郎を見つめた。常とかわらぬ目つきだった。

永五郎が腰を屈《かが》めて嘯《うそぶ》いた。

「旦那とお話がしたくてまいりました」

「話？　若い衆を引き連れての話とはおそれいるな。おれは、脅し半分の強談判《こわだんぱん》かとおもったぜ」

「わかりが早い。実はそのとおりで」

ふてぶてしい笑みを浮かべた。

「話を聞こう」

「お美津の行方を追うのは止めてほしいんで」

「いやだといったら」

「あっしらのやり口で話がわかるようにさせていただきますんで」

「おもしろい。いっとくが、おれは江戸っ子。大の喧嘩好きだ。お役目柄、押さえちゃいるが売られた喧嘩は喜んで買うぜ」

「いい度胸だ。こっちにゃ腕の立つ先生がついてるんだぜ」

錬蔵が不敵な笑みで応じた。

「先生。出番ですぜ」

男たちの一画が割れた。その先に二本の刀を帯びた着流しの男の姿があった。浪人者とおもえた。

ゆっくりと歩いてくる。おぼろだった浪人の顔が次第にはっきりしてきた。

錬蔵の顔に微かに訝《いぶか》しげなものが浮いた。

肩を揺すって歩いて来た浪人が動きを止めた。細くて小さな目が大きく見開かれている。低く、こぢんまりした鼻の鼻腔が大きく膨《ふく》らんでいた。口も、小さく開かれている。

見るからに当惑していた。

永五郎が凄《すご》みを利かせていった。

「先生、頼みますぜ。いつものように足腰立たねえほど痛めつけてくだせえ」

浪人は黙っている。俯《うつむ》いていた。錬蔵と視線を合わせるのを避けているのはあきらかだった。

錬蔵は、凝然と見つめていた。その目には懐かしさ、さえ垣間《かいま》見えた。

「先生、何をしてるんで。さっさとやってくだせえ。用心棒代は望みどおりたっぷり前渡ししたじゃねえか」

永五郎が焦れて、声を荒らげた。

「金は返す」

浪人の応えに永五郎が呆気《あっけ》にとられた。浪人が懐の巾着から、小判を一枚取りだした。

「受け取った用心棒代だ」

ぽんと投げた。

永五郎が慌てて受けとめた。

「先生、そりゃねえぜ。一度取り決めた約束事だ。守ってもらわなきゃ後々の付き合いができなくならぁ」

「かまわぬ」

「先生、頼みますよ。浮島一家の名にかかわる」

「そいつは気の毒だが、おれも、命は惜しいからな」

「命が惜しい。それじゃ、この旦那は」

永五郎が錬蔵を見やった。

「強い。おそらく南北両町奉行所の数ある与力、同心の中でも随一の腕前だろう」

錬蔵は永五郎と浪人のやりとりを無言で眺めている。刀の柄に手をかけてもいなかった。

浪人がつづけた。

「いままでのつきあいがあるんで忠告しとく。このお方は気も荒い。束《たば》になってかかっても大怪我《けが》するのがおちだ。いや怪我ですめばよいがな」

「旦那、脅かしっこなしですよう」

「脅しではない。その証に、おれはこれで引き上げる」

いうなり踵を返した。さっさと歩き去っていく。

「先生。そりゃないよ、先生」

振り返りもしないで去っていく浪人に、

「畜生め、怖《お》じ気《け》づきやがって」

永五郎が悪態《あくたい》ついたそのとき、錬蔵の声がかかった。

「そろそろ始めるか」

振り向いた永五郎の目に刀の柄に手をかけた錬蔵の姿が飛び込んだ。

「ひっ」

永五郎が怯えた声をあげるや、

「憶えていろ」

捨て台詞《ぜりふ》とともに脱兎《だっと》の如く逃げだした。男たちが大慌てでつづいた。

その姿が町家の蔭に消えたのを見届けて、錬蔵がいった。

「河水楼へゆくか。今日はよく動いた。骨休めだ」

「お供しやす」

安次郎が微笑んだ。

河水楼の座敷で錬蔵と安次郎が飯台をはさんで向かい合って坐っていた。飯台の上には徳利《とくり》や数皿の肴《さかな》が置かれていた。

「呑め。今夜はここで泊まる」

錬蔵が徳利を手にとった。

「今日の夜歩きは何かと面倒事に出くわすかもしれやせんしね。やくざ者は何かとしつこい」

安次郎が両手を添えてぐい飲みを差し出した。

「もったいねえが、ありがたく注いでいただきやす」

錬蔵が酒を注いだ。

一気に飲み干して安次郎がいった。

「うめえ。旦那、今夜の酒はとびきりうめえや」

ぐい飲みを飯台に置くやずり下がり両手をついた。

「罪を犯したあっしにゃ人並みの暮らしは金輪際《こんりんざい》あるめえとおもっておりやした。それなりの覚悟をきめて深川へ戻ってきやした。それが飯台はさんで向かい合って酒を呑ませてもらい、身分を離れたつきあいをしていただける。あっしゃあ……」

鼻の下を手の甲でこすった。

「よさねえかい。何かあったら命を賭けることになるおれたちだぜ。身分の何のと堅苦しいことは抜きのつきあいだろうが」

「旦那」

「さっ、もう一杯、いけ」

錬蔵が再び徳利を手にした。

安次郎がぐい飲みを手にとった。

そのとき、廊下から戸襖ごしに男の声がかかった。

「お邪魔させていただきやす」

聞き覚えのない声だった。

「旦那」

安次郎の顔に緊迫が走った。

「入りな」

錬蔵が応えた。

戸襖が開けられた。

敷居を挟んだまま男が頭を下げていた。

「政吉、さんだったな」

政吉が顔を上げた。

「政吉でございます」

「話があるのかい」

「今夜の浮島一家とのこと、主人に報告いたしやした。主人はしばらく黙っておりやしたが『その用心棒のこと、知ってるかぎりのことを大滝さまに話してこい』と申しました」

「そいつは手間がはぶけてありがてえ。実は用心棒先生の住まいがどこなのか調べるつもりでいたんだ」

「住まいなら知っておりやす」

「案内してもらえるかい」

「へい。いますぐにでも」

政吉が腰を浮かせた。

突然……。

呼子《よびこ》が鳴り響いた。

「捕物か」

鍊蔵が問いかけた。

「火付盗賊改方のお歴々が大物の盗人を深川に追い込んでこられたと店の者がいっておりやした」

「火付盗賊改方が出張ってきたのか」

「ご老中の田沼意次《たぬまおきつぐ》さまのお声掛かりで火付盗賊改方を仰《おお》せつかった長谷川平蔵《はせがわへいぞう》とおっしゃるお方が、なかなかの捕物上手との噂で」

「今夜の捕物は長谷川様の手配りか。なら心配あるまい」

鍊蔵が誰に聞かせるともなくつぶやいた。

「どうしやす。かすの先生のとこへまいりやすか」

「かす？」

「へい。わたしらはそう呼んでおります。『おれは、かすだ。かす、と呼んでくれ』と口癖のようにおっしゃるので」

「そうか。自ら、かす、と名乗っているのか」

「主人がいっておりました。『大滝さまはかすの先生をご存じのはずだ。当然、かすの先生も大滝さまを知っている』と」

「藤右衛門は八卦見のようだな。それもよくあたる」

錬蔵が微かに笑った。

「主人につたえておきます。それでは、まいりますか」

政吉が再び立ちかけた。

「今夜はここに泊まる。明朝にでも連れてってくれ。捕物騒ぎに巻き込まれては何かと面倒だ。それより」

徳利を手にして振ってみせた。

「つきあわぬか。男三人の、色気なしの酒宴だが」

「そいつばかりはご遠慮しねえと」

「どうせ襖の外で張り込むんだろう。同席すりゃ張り込んでるも同じだ。酔って眠らなきゃいい話だ。もっともおれはぐっすり眠らせてもらうがな」

「すっかりお見通しのこととは察しておりやした。主人が『つきあえといわれたら遠慮しねえでご馳走になりな』と申しておりやした」

「なら呑め」

「へい。根は好きな方で」

政吉が満面を笑み崩した。

「いつ呑んでもうめえなあ」

政吉は大振りのぐい飲みで一気に飲み干して、舌なめずりした。ことばどおり酒が好きな質《たち》らしい。

錬蔵が唐突に聞いた。

「深川には、よく盗人や科人《とがにん》が逃げ込んでくるのか」

政吉がぐい飲みを飯台に置いて応えた。

「しょっちゅうのことでさ。何せ深川には堀川が縦横無尽に流れている。江戸湾も近い」

「川筋を熟知しているものにあたりをつければ人知れず逃げるのはわけもないということか」

「そのことを稼業にしている者もおります。深川育ちの竹屋の太夫も、そこらへんのことはよくご存じかと」

錬蔵が安次郎に目を向けた。

「闇の世界の者たちは『逃がし屋』と呼んでいるようで」

「逃がし屋？」

錬蔵が初めて聞く呼び名だった。

「深川の逃がし屋は何艘もの小船を駆使して、仕事の依頼主を逃がすそうで。川を小船で逃げたかとおもうと陸へあがり、また川へ逃げ道を変える。表沙汰にできない荷も運んだりして、まさに神出鬼没《しんしゅつきぼつ》の動きぶり、と聞いておりやす」

錬蔵は黙然とうなずいた。

科人を逃がす裏の稼業が存在する。闇に潜んではいるが逃がし屋が傍若無人《ぼうじゃくぶじん》に動き回っているかぎり深川に相次いで科人たちが逃げ込んでくることになる。逃がし屋が、ますます悪を深川にはびこらせる因《もと》になるのはあきらかだった。

(逃がし屋をぜひにも退治せねばなるまい)

錬蔵は鋭く中天を見据えた。

三章　零《こぼ》れ同心

一

　呼子が一晩中鳴り響いていた。香の物に干物に浅蜊《あさり》汁といった朝飯を仲居たちが運んできたときについてきた政吉がいった。

「どうやら深川へ逃げ込んできた盗人は逃げおおせたようで」

「土地不案内の者にゃ深川での捕物はちょっと荷が重いんじゃねえですかね」

　安次郎が口を挟んだ。

「火盗改メのことだ。まだ手配りは解いていねえだろうよ。町奉行所とは手柄を競い合っている、いわば犬猿の仲だ。追い込んだ獲物はとことん追い詰める気でいるだろうさ」

　錬蔵が箸を片手に浅蜊汁へ手をのばした。吸う。

「うめえ。浅蜊の出汁が酒に疲れた五臓六腑《ぞうぷ》に染《し》み渡るぜ」

錬蔵がおもわず声を上げた。

政吉が、にやり、とした。

「浅蜊は深川の名物で。とくにうちの浅蜊は目利きの板前が選び抜いた、とびきりのやつを使っておりやす」

「政吉。店をさりげなく売り込むなんざ、なかなかの商《あきな》い上手だな」

錬蔵が微笑んだ。

「ご冗談を」

照れた笑いを浮かべて頭をかいた。

「朝飯を終えられたら声をかけてくだせえ。帳場の近くにおりやすんで」

政吉は腰を浮かせた。


かすの住まいは熊井《くまい》町の正源《せいげん》寺の裏手にあった。入り組んだ路地の奥の、いかにも裏店《うらだな》といった佇《たたず》まいであった。どぶ板の敷かれた路地の両側に平屋の長細い棟割り長屋が二軒列《なら》んで建っている。

露地木戸から入ろうとして政吉が足を止めた。

「どうした」

後ろから錬蔵が問うた。

「いえ。かすの旦那、洗濯の最中で。七つになる娘さんと二つ違いの男の子がいると
おっしゃってましたが、泥だらけになる年頃。たいそうな洗濯物の量で」

安次郎が政吉の肩越しにのぞいた。

「襷《たすき》がけで昨日の凄《すご》みの利《き》いた様子とはまるっきり別人ですぜ」

露地にしつらえられた井戸のそば、桶を前に膝を折って一心不乱に洗濯している姿
があった。洗い終えた洗濯物が脇に置かれた樽に山と積まれていた。

かすを見やった錬蔵に政吉が、

「どうしやす」

と問いかけてきた。

「住まいは？」

「右手の、奥から三軒目で」

応じた政吉に錬蔵が告げた。

「引き上げよう。この場は来たことを気づかれたくない」

「それじゃ、あっしは」

政吉が腰をかがめた。

「今日は、尾《つ》けなくていいのか」

錬蔵の顔に笑みがあった。

「どうせ旦那は鞘番所へお戻りでしょう」

「大番屋の前で張り込んでいれば、いずれ出て来るという見込みか。そううまくはいかぬかもしれぬぞ」

「そのときは、そのときのことでさ。それでは、ごめんなすって」

政吉が裾をからげた。向きを変えて、歩き去る。

「出直してこよう。どうしても、かすと話をしたいでな」

「旦那。昼九つ（午後十二時）にここで落ち合うということにさせていただきやせんか」

「探索に歩くか」

「へい」

「まかせる。が、ここでは見つかるおそれがある。待ち合うところは正源寺の山門前としよう」

「わかりやした」

安次郎が小さくうなずいた。

大番屋へもどった錬蔵はまっすぐ用部屋へ向かった。文机の上に同心たちからの調べ書の綴《つづ》りが置いてあった。

調べ書を手に取り、読みすすんだ。いつもどおりの、手先たちの報告をそのまま羅列しただけのなかみだった。調べ書の筆跡が同じなのも、いつものとおりのことだった。錬蔵は一度だけ顔を出した同心詰所の様子をおもい起こした。

一番年若の小幡欣作という名の同心が文机に向かっていた。おそらく先輩の同心たちが調べ書を小幡に押しつけて書かせているのであろう。

錬蔵は同心たちを咎《とが》め立てしようともおもわなかった。やる気のない者を叱責したところでどうにもならぬ、と判じていた。

（やるか、やらぬかはそれぞれが決めることなのだ）

とのおもいがある。

錬蔵は調べ書の綴りを文机に置いた。歩き回って見聞きした深川は、調べ書に書かれた深川の有り様とは大きくかけ離れていた。

（これではたんなる噂話をまとめただけのものにすぎぬ）

事件につながるものは何一つ見いだせなかった。

鍊蔵は、鞘番所に詰める同心たちを、

——頼りにせぬ
と決めていた。

(おのれのできることをやる。ただ、それだけのことだ)

鍊蔵は、うむ、と大きく顎を引いた。

用部屋を後にした鍊蔵は長屋へ足を向けた。奥の座敷の戸袋を開け、小箱を取りだした。

蓋《ふた》を開く。

紫の袱紗《ふくさ》にくるまれた十手が入っていた。

——手先に預けるもの
と申し入れ、認許を受けて北町奉行所から持ち出してきた二本の十手の、残る一本だった。一本は、すでに安次郎に渡してある。

鍊蔵は手にした袱紗を開いた。

鈍色《にびいろ》の光を放つ十手をじっと見つめた。

腰をかけるにはほどよい大きさの石に置かれた、紫の袱紗の上の十手が、春の柔らかな陽差《ひざ》しを浴びて鈍い黄金色に染まっていた。

その十手を身じろぎもせずに見つめていた男がいた。伸びた月代《さかやき》が川風に微かに揺れた。

錬蔵は大川の土手に立ち水面を行く小船を眺めていた。

行き違った小船がたがいに逆方向に傾いで、揺れた。ぶつかるのを避けるための動きとみえた。その後は、何事もなかったように水面をすべって上流、下流へと遠ざかっていった。

錬蔵が告げた。

「前原伝吉《まえはらでんきち》。北町奉行所同心の昔にもどって、その十手を手にする気はないか。もっとも、その十手、同心のものと違い、目明かしなどの手先が用いるものだが」

「前原伝吉、という名は、とうの昔に忘れました。いまの私は、かす、と呼ばれている抜け殻のようなもの」

「そのこと、昨夜、ある男から聞いた」

前原伝吉こと、かすが顔を上げて、錬蔵を見つめた。

「おもいがけぬ再会で驚きました。誇りも意地も、こころまでをも捨て去った落魄《らくはく》ぶり、お嘲笑《わら》いください」

「こころ、も捨てたと申すか」

弾《はじ》けるような子供の笑い声がした。少し離れた土手の傾斜を安次郎が五歳ほどの男の子を抱いて、転がっていく。少し年上の、粗末な着物を身にまとった女の子がふたりの後を追って笑顔で駆け下りた。

錬蔵たちが話をしている間、安次郎が子供たちの相手をしているのだ。

「無邪気なものだ。ふたりは幾つになった」

錬蔵が問いかけた。

「姉の佐知《さち》が七つ、弟の俊作《しゅんさく》が五歳になりました」

まぶしげに目を細めた。目のなかに入れても痛くないほどの愛《いと》おしさが充《み》ち溢《あふ》れていた。

「可愛い、か」

「それは、もちろん」

錬蔵の問いに間をおくことなく応えた。

「そうか」

じっと見つめた。

「我が子を可愛い、とおもう。親ならば当然のことだ」

かすが探る目を向けた。

「おれには、おぬしが、人のこころを捨てたとは、とてもおもえぬ」

「それは……」

顔に狼狽《ろうばい》が走った。一瞬のことだったが錬蔵は、その変容を見逃してはいなかった。

「二年前、おぬしは同心の職を辞したいとの書付を残し、姿を消した。おれが捕物を終え、奉行所の用部屋に戻ったとき、机の上にそれがあった。読むなりおぬしの役宅へ駆けつけたが、すでにもぬけの殻だった」

かすは黙然と坐している。その目は十手に注がれていた。

錬蔵がことばを継いだ。

「直属の配下であったおぬしがどんな悩みを抱いていたか、おれは探ろうともしなかった。後で、おぬしの妻女がどこでどう知り合ったか、渡り中間《ちゅうげん》といい仲になり駆け落ちしたことを知った」

かすが膝に置いた手を固く握りしめた。呻《うめ》くようにいった。

「すべて、夢でござる。昔見た、夢。この世のことではござりませぬ」

錬蔵が見つめた。

「なぜ深川にいる。なぜ深川を、離れぬ」

低いが、その声音に圧するものがあった。

握りしめた手が小刻みに震えた。かすれた声でいった。

「拙者は、かす、でござる。かす、でござる。このまま見捨てておいて、くださりませ」

錬蔵が片膝をつき、胸ぐらをつかんだ。鋭く見据えていった。

「斬ったか、妻女を。この深川で」

ことばにならない声をかすが上げた。暗い、地の底から噴《ふ》き上げてくる、聞く者を陰鬱《いんうつ》の淵《ふち》に誘い込むような音骨だった。

突然……。

両手を突いた。両肩を瘧《おこり》のように震わせて、喘《あえ》いだ。

「かす、でござる。まさしく、かす、でござる」

強く土手の草を握りしめた。指の間から顔を出していたたんぽぽの茎がねじれ、鮮やかな黄色の花びらが苦しげに歪《ゆが》んだ。

「忘れられぬのか、いまだ、妻女を」

「未練な奴とお笑いくだされ。おのれが斬り捨てた妻を抱き、頬ずりし……揉《も》みしだいた乳房はまだぬくもりが残っておりました。妻の躰が冷え、凍《こご》えきるまで抱きつづけておりました。これほどまでに涙はでるものなのか、不思議なほどの……いまだ、妻のことを、拙者は……」

ことばとは裏腹、目には涙の一つもこぼれてはいなかった。

（涙はすでに涸《か》れ果てているのかもしれぬ）

錬蔵は、そうおもった。

子供たちのはずんだ笑い声が響いた。

かすは身じろぎひとつしなかった。

錬蔵はゆっくりと立ち上がった。

「かす、か。が、いつまでもかすを気取っているわけにもいくまい」

「かす、を気取る？」

錬蔵を見上げた。

「そうだ。過ぎたことにおもいを馳《は》せ、悩んでは、おのれを責める。おれは、どうすればいいのだ。やったことは取り返しがつかぬ。今更どうにもならぬ、と堂々巡りで時を過ごす。しょせん、おのれの不始末に酔いしれているだけなのだ」

「違う。わたしは、ただ」

遮るように錬蔵がいった。

「見ろ」

安次郎と戯《たわむ》れる姉弟を目線で示した。

「時はどんどん過ぎ去っていく。子らは時の流れにつれて成長していく。おぬしひとりが止まった時のなかにいる」

子供たちを見つめるその顔に途惑《とまど》いが浮いていた。

何が楽しいのか安次郎とふたりの子供が笑いあっている。

「あの子らを、かすの子として育てていくつもりか」

錬蔵がことばを重ねた。

かすが、ふたりの子供から目をそらした。目線の先に十手があった。

「その十手、預けておく」

錬蔵は背中を向けた。安次郎たちのところへ歩いていく。

凝然と十手を見つめるかすの姿があった。

その十手に子供たちの弾ける笑い声がかぶった。

錬蔵と安次郎は土橋から洲崎《すざき》の岡場所へ聞き込みへまわった。

何の手がかりもつかめなかった。

鞘番所へ引き上げていくふたりは、ことばひとつ交わそうとはしなかった。

五つ（午後八時）の時を告げて入江町の時鐘が鳴り響いている。

夜空を覆《おお》った黒い雲が気まぐれな風に吹かれてゆったりと流れ、時折半月が顔を見せていた。

鞘番所の表門が間近になったとき、門柱の根元からゆっくりと立ち上がった黒い影があった。

後ろから安次郎が声をかけた。

「旦那、どうやら狙いはあっしらのようですぜ」

が……。

錬蔵は振り向くこともなく、そのままの歩調ですすんでいく。

黒い影も歩み寄ってきた。

次第に間合いが狭《せば》まり、居合いの一太刀で相手を倒せるほどの距離に達したとき、覆っていた雲が流れたのか、半月が顔をのぞかせた。
その淡い光を浴びて、黒い影の顔が露《あら》わになった。
黒い影、その実体は、かすであった。立ち止まった。
錬蔵も足を止める。
その顔におもいつめた、必死なものがあった。
錬蔵を見つめて、いった。
「夢を、夢を、見たくなりました。新しい夢を」
錬蔵は黙って、正面から見据えた。
一歩迫って、もどかしげに身を乗りだし、ことばを継いだ。
「おのれを試してみたいのです。今一度、命の炎を燃やすことが出来るかもしれぬ。
そうおもって、待っていました」
「十手は、どうした」
錬蔵が問うた。
「ここに。この命尽きるまで、手放すことはありますまい」
懐から十手を取りだした。
錬蔵が、うむ、と顎を引いた。

かすの手にした十手が、月明かりを浴びて鈍い白銀色《しろがね》に染まっていた。

二

翌朝、錬蔵は安次郎が作ってくれた根深汁に香の物、目刺し三本に一膳の飯といった朝飯をすませると、ともに仮牢へ向かった。

東吉を仮牢から引き出し、拷問部屋《ごうもん》へ連れて行った。

拷問部屋には石抱きのための石が積んであった。梁《はり》から間隔を置いて二本の綱がぶら下がっていた。壁にも科人《とがにん》を縛りつける半円の金具が取り付けられている。輪にした皮の一本鞭が作り付けの留め金に、先の割れた竹の棒、木刀などが無造作に壁に立てかけてあった。

入った途端、東吉の顔が恐怖に歪《ゆが》んだ。逃げだそうとするのを安次郎が後ろから押さえて、羽交い締めにした。

「勘弁してくれ。喋る、だから堪忍」

悲鳴に近い東吉の声だった。

木刀の一本を手に取って、錬蔵がいった。

「痛いめにあったほうが舌の滑りがよくなるんじゃねえのかい。安次郎、こっちへ突き飛ばせ」

うなずいた安次郎が東吉を突きだした。

悲鳴をあげて蹈鞴《たたら》を踏んだ東吉の肩に錬蔵の袈裟懸けの一撃が炸裂した。

大きく呻いて東吉が倒れこんだ。その背に一打ち、二打ちと木刀が振り下ろされた。その都度、東吉が派手に唸《うな》り声を上げて、のけぞった。

東吉は肩で大きく息をして、地面に這《は》いつくばっている。

冷ややかに見下ろして錬蔵がいった。

「後ろ手に縛り上げろ」

「へい」

安次郎が東吉に近寄り、片膝をついた。

東吉の腕をつかんで両の手首を合わせ、ぎりぎりと縛り上げた。

立ち上がった安次郎に錬蔵が木刀を手渡した。

「てめえから喋りだすまで、とことん責めあげろ。たとえ昔馴染みであっても手加減しちゃならねえぜ」

凄みを利かせて、告げた。が、ことばとは裏腹、口の端には微かな笑みを浮かべていた。察して、安次郎が、にやり、とした。ことさらに厳しい口調で応えた。

「わかりやした。御用大事に務めさせていただきやす。情けの欠片《かけら》もかけることはありやせん」

東吉の肩がぴくりと動いた。聞き耳をたてていたのはあきらかだった。息を潜め、首を竦《すく》めている。

「調べ書に目を通して戻ってくる」

安次郎が浅く腰を屈めた。

錬蔵は用部屋の机に置かれた同心たちの調べ書を手に取り、開いた。相変わらず深川の町々で起きた事件や噂の羅列だった。事件の探索の報告も記されていたが、いつもどおりの解決の見込みも判断しかねるものばかりであった。錬蔵は調べ書を読むのを止めた。

一昨日の夜、河水楼で聞いた盗人を追い込んだ火盗改メの呼子の音を思い出した。その捕物について調べ書では一行も触れていない。深川大番屋の同心たちの務めぶりが、いかにいい加減なものであるかが、その一事でも判じられた。

錬蔵は、かす、におもいを馳せた。

――何かと身辺をととのえる時間が必要であろう
と支度金五両をもたせて長屋へ帰した。今頃は溜めていた借財などを支払っているはずであった。

錬蔵は、かすを信じていた。根拠はない。ただ、

「夢を、夢を、見たくなりました。新しい夢を」

といったときの、目の奥にあった真摯《しんし》な光を、

――嘘偽りのないもの
と錬蔵は感じ取っていた。

「深川大番屋の手の者と知られるまで今のまま長屋暮らしをつづけているほうが隠密の探索をするには何かと好都合。日々の復申をしたためた書付を小石に巻き付け、御支配の長屋近くの塀際に投げ入れておきます」

との、申し入れを錬蔵は、

「よかろう」

と受け入れた。

が、

（いかに巧《たく》みに振る舞おうとも隠密の動きはそう長くはつづくまい）

とみていた。

かすが深川大番屋の手先とわかれば、悪事を暴かれた腹いせに留守宅にいる幼い子供たちに危害を加える悪党どもがいないともかぎらないのだ。外と内とが表戸一枚で仕切られただけの無防備な裏長屋は、危険きわまりない場所とおもえた。

幼子たちを守るには深川鞘番所の長屋に住まわせるのが最良の策であった。

——どこへ住まわせるか

うむ、と錬蔵は首を捻った。錬蔵の住まう、支配にあてがわれた長屋には安次郎が同居している。そこへ新たに、父子三人が加わると手狭になるのはあきらかだった。

（同心のうちのふたりを一つ長屋に住まわせるしかあるまい）

そう、腹をくくったとき、廊下から戸襖ごしに手先の者の声がかかった。

「火付盗賊改方長谷川平蔵さま配下の与力進藤《しんどう》与一郎《よいちろう》さまが捕物の手配りについて御支配さまと是非《ぜひ》にも談合いたしたきことあり、と訪ねてこられましたが、いかが取り計らいましょうか」

「火盗改メの与力が……」

錬蔵は首を傾げた。

「接客の間へお通し申せ」

錬蔵は、ゆっくりと立ち上がった。

「御支配さまから至急、接客の間にまいるようにとのご命令です」

手先の口上に溝口半四郎は顔を顰《しか》めて、松倉孫兵衛を振り向いた。

「ご命令だとよ。鉄心夢想流《てっしんむそう》口伝、秘剣『霞十文字《かすみじゅうもんじ》』を会得した八丁堀随一の使い手と聞いていたが評判倒れもはなはだしい。遊蕩《ゆうとう》がすぎて、頭がおかしくなったんじゃねえのか」

八木周助が皮肉な笑みを浮かべた。

「たまには、おれたちの顔を見たくなったんじゃないのか。調べ書を届けるだけで顔合わせ以来一度も口をきいていない。このままじゃ満足にお務めもできない、と頭を抱えたあげくの、ご命令さ」

「何はともあれ、至急のお呼び出しともなれば、まずは行かねばなるまい。小幡、急げ」

松倉孫兵衛が立ち上がった。小幡がつづいて腰を浮かせた。

接客の間には険悪な気が流れていた。

床の間を背にして坐した錬蔵を挟んで、進藤与一郎と松倉ら四人の同心が対座していた。

「おれは、どちらでもよい。おぬしら深川を取り締まる任にあるものが承服すれば進藤殿の申し出にしたがってもよい、とおもっている。すべては、おぬしらの心得次第だ。指図はせぬ」

溝口が不満げに唇を歪めた。

「それでは北町奉行所の面目《めんもく》が丸潰れではありませぬか」

「面目？　そんなもの、捕物においては屁《へ》の突っ張りにもならぬわ。火盗改メも我ら町方の者も、江戸の町の安寧《あんねい》を日々守るが役目。務める気がある者が働く。それでいいではないか」

錬蔵が応えた。

「務める気がある者が働く、とは我らには務める気がないと申されるか」

溝口がさらに気色ばんだ。

「なら聞くが、おぬしらは進藤殿ら火盗改メの方々が、皆殺しにして奪い取る畜生《ちくしよう》盗《ばたらき》を重ねた不知火《しらぬい》の徳蔵《とくぞう》なる凶賊を、この深川に追い込んだこと、すでに承知しているであろうな」

「それは……」

溝口が呻いた。八木が、松倉が、小幡が注いだ錬蔵の視線を避けて、うつむいた。

「おぬしらの調べ書に、このこと、報告されておらなんだ。それがすべてではないのか」

やりとりを黙って聞きいっていた進藤与一郎が、ふっ、と鼻先で嗤《わら》って、告げた。

「火付盗賊改方を仰《おお》せつかった我らが御頭《おかしら》、長谷川平蔵様の御屋敷は本所菊川町《ほんじょきくかわ》。自邸を役宅としても使っておられまする。地の利もあり、土地柄にも詳しく、不知火の徳蔵の動きぶりも追い続けて熟知しており、我ら火盗改メのみで探索したほうが何かと好都合。二手に割れて、行き違いながら探索するはたがいの手の内を探るのみで、よい結果は生まぬであろう、と御頭も申しておられます。このこと、深川大番屋のお歴々にも是非にも承服いただきたい」

進藤与一郎が、見下ろす目つきで溝口らを見据えた。

「御支配」

呻いて、溝口が一膝にじり寄った。その顔に悔しさが溢《あふ》れていた。

錬蔵が溝口らを見つめた。

わずかの間があった。

溝口だけではなかった。八木が、松倉が、小幡が見つめていた。眼差《まなざ》しに悲壮なものさえ垣間見えた。

錬蔵が視線をそらすことなく告げた。

「すべて、おぬしら次第だ。探索するはおれではない。やるかやらぬか、決めるはおぬしら四人だ。ただ」

溝口らを鋭く見据えた。

「やると決めた以上、後塵《こうじん》を拝することは許さぬ。北町奉行所の面目にかけて、火盗改メに遅れをとったときは腹切る覚悟で仕掛かることだ」

「そのこと承知」

溝口が眦《まなじり》を決した。

「覚悟はできております」

小幡が身を乗りだした。

「やりますとも、やらずにはおかぬ」

「年はとっても若い者には負けませぬぞ」

八木と松倉がほとんど同時に声をあげた。

錬蔵が進藤与一郎を見やった。

「進藤殿、お聞きの通りだ。探索にあたる者たちが、引かぬと申しておる。このこと長谷川様にお伝え願いたい」

「端《はな》から勝負の決まった功名争い。恥をかかせてはなるまいと武士の情けをかけたつもりであったが、不浄役人には、しょせん通じぬことであったか」

進藤が薄ら笑いで応えた。

「話は終わった。お引き取りを」

鍊蔵が告げた。声音に有無《うむ》を言わせぬ、厳としたものがあった。

目を細めて吐き捨て進藤は大刀を手に立ち上がった。

「吠え面《ほえづら》をかかぬことだ」

鍊蔵は、黙然と坐して、中天を見据えている。

三

鍊蔵は拷問部屋へ足を踏み入れた。

安次郎が一隅に坐していた。東吉は後ろ手に縛られたまま俯《うつぶ》せで横たわっている。

鍊蔵に気づいて安次郎が立ち上がった。

「洗いざらい喋ると泣きわめきますんで」

「それで拷問を止めたか」

「これ以上の折檻《せっかん》は無用とおもいやして。何しろこのとおりの、かなりの弱りようで」

錬蔵は東吉を見やった。

躰を固くして、息をひそめている。錬蔵の出方にあらゆる神経を注いでいるのはあきらかだった。

（こやつ、おもったよりしたたかな奴……）

まだ様子を探る力を残している。自分の限界を知っていて、体力が尽きる前に弱音を吐いた一芝居をしてみせる。拷問にかけられた、筋金入りの悪党が新米《しんまい》の同心の目をごまかすときによく使う手だった。

あるいは幇間という稼業を長くつづけたことで自然と身についた、生き抜くための知恵のひとつかもしれぬ、ともおもった。

酔っぱらった金持ち相手の稼業だ。無理難題を持ちかけられ辱《はずかし》められても、客の機嫌を損じることは許されない。端から人扱いされない稼業。それが幇間、男芸者なのだ。

人並みのこころを失わないためには、つねに余力を残すよう心がける。そのことが、無意識のうちに、あらゆることに向けられるのかもしれない。

錬蔵には、長年の稼業がら身につけた動きなのか、悪党の駆け引きのそれか、見分けがつかなかった。

錬蔵は、

——もう一責めする

と決めた。

錬蔵は壁にたてかけてあった木刀を手に取った。

「旦那、そいつは」

安次郎の顔が歪んだ。

「おれがもう一責めする」

有無を言わせぬ錬蔵の物言いだった。

安次郎が首を小さく横に振った。初めて見せた、逆らいの仕草だった。

錬蔵はかまわず東吉に歩み寄った。

「起き上がる力があると見た。起きよ」

いきなり背中を打ち据えた。

呻いて、東吉が転がった。さらに錬蔵が一打ちした。

「起きます。起き上がります。ご勘弁」

東吉が叫びながら半身を起こした。

錬蔵が動きを止めた。厳然と見据える。

東吉が縛られた、動くに不自由な躰をもぞもぞと揺らして起き上がり、胡座《あぐら》をかいた。

「おめえって奴は」

安次郎が呆《あき》れかえった。

「すまねえ。このとおりだ」

深々と頭を下げて、つづけた。

「顔見知りのおまえに、つい甘えちまった。だがな、喋るといったのは掛け値なしのこったぜ。おれの知ってることはすべて話す」

安次郎に向かって身を乗りだした。

「お夕さんは、生きてるぜ」

「何だと。嘘じゃねえな」

安次郎の血相が変わった。東吉に走り寄り、片膝をついた。顔を近づける。

「見たのか」

安次郎を真《ま》っ直《す》ぐに見返していった。

「この目でな」

「どこで、どこで見たんだ」

「仙台堀《せんだいぼり》は長堀町《ながほり》、相生橋《あいおい》と松永橋《まつなが》のちょうど真ん中辺《へん》だ。人相の悪い遊び人風の男が竿を操る小船に乗っていた。おれは通りすがりに見たんだが、あの男は女が逃げねえように見張りながら、船頭代わりを務めていたに違いねえ」

「まさか無理矢理、舟饅頭を」

安次郎の目が泳いだ。

錬蔵は、目をそらした。

安次郎はまわりの目も見栄《みえ》も忘れさっていた。行く末を誓った色女の行方を手繰《たぐ》る糸に出会ったことの喜びと、もたらされた知らせの無慈悲さに、おのれをどう仕切っていいのか混濁している。そうとしか見えなかった。

「それはいつのことだ。いつ見かけたんだ」

「一月ほど前、いや、もう少しあとのことだったかもしれねえ」

東吉が首を傾げた。狸の置物に似た顔つきのせいか、どこまでが本当で、どこからが嘘か、錬蔵には見当がつかなかった。

錬蔵はふたりのやりとりに耳を傾けた。

安次郎が矢継ぎ早に問いかけるが、東吉は、それ以上のことは知らないらしかった。

「旦那」

と東吉が錬蔵に顔を向けた。

「お美津の間夫《まぶ》のことはよく知っておりやす。大島町《おおしま》の船宿『雪花《ゆきはな》』の船頭で佐平《さへい》。そいつが、こそこそと泥棒猫みてえにお美津を呼び出していやした。時には小遣いもせびっていたようで」

「舌がよく回るじゃねえか。もう少し痛い目をみたら、もっと囀《さえず》るようになるんじゃねえのかい」

錬蔵が皮肉な笑みを片頰に浮かせた。

「そいつはご勘弁を。決して逆らうものじゃありやせん。あっしで出来ることなら何なりとお役に立ちやす」

「いい了見《がてん》だ。さっそくだが雪花って船宿に案内してもらおうか」

「合点承知の助でさ。その前にこれを」

縄目を錬蔵に見せようと躰をひねった。

「解いてやれ」

錬蔵が安次郎に顎をしゃくった。

「船宿の雪花へ行く前に浮島一家へ挨拶へ行かせてくだせえ。そのあたりのところをきちんとやらないと後々面倒なんで」

鞘番所の門を出たところで東吉が申し訳なさそうな顔つきで懇願した。

「商いの邪魔をする気はねえよ」

錬蔵はそう応えた。安次郎は気むずかしい顔つきで黙り込んでいる。

（お夕のことが頭から離れないのだ）

無理もない、と錬蔵はおもった。さんざん聞き込みを重ねたにもかかわらず手がかりの一片もなかった。お夕を見た、と聞かされたときの安次郎の気持がどんなものだったか、錬蔵は痛いほどわかっていた。

富岡八幡宮の表門前、二十間川に沿った東方一円を土橋といった。

東吉は錬蔵と安次郎とともに二十間川の河岸道を摩利支天《まりしてん》横丁へ向かって歩いてい

く。

浮島一家の縄張りは土橋の東側から蛤《はまぐり》町へかけて広がっているという。

摩利支天横丁の露地奥に浮島一家はあった。

「おれたちはここで待っている。挨拶をすませてこい」

露地の入り口で錬蔵は東吉にいった。

「できるだけ手短にやってきます」

東吉が浅く頭を下げた。


東吉がもどってくるまでの間、錬蔵と安次郎が口をきくことはなかった。

小半刻（三十分）もしないうちに東吉が急ぎ足で近づいて来た。

「旦那と一緒だといったら、永五郎の奴、驚いてやした。かすの先生を用心棒に雇って襲ったんだが、先生に逃げられて、どうにも格好のつかねえことになっちまった。面目ねえ。すべて水に流してもらいてえ。そうお願いしてくれねえか、と青菜に塩の有り様でしたぜ」

錬蔵は、

「そうか」

と応えただけだった。

——水に流す

とはいわない。が、気にもしていないのは、その様子からうかがえた。

「雪花へ急ごう」

錬蔵が告げた。

畳横丁を右手に見て河岸道をすすみ松島橋を渡ると大島町の町家が建ちならぶ一帯となる。

船宿『雪花』は平助《へいすけ》橋の近くにあった。二十間川を挟んで越中島《えっちゅうじま》の調練場が広がっている。

『船宿　雪花』と書かれた柱行灯《あんどん》が掲げてあった。柱行灯から表戸へ飛び石がつづいている。数個の、わずかな踏み石だったが左右に植えられた灌木《かんぼく》との按配が、瀟洒《しょうしゃ》で小粋なものをつくり出していた。

表戸をあけ、土間へ入り、東吉が声をかけた。錬蔵と安次郎がつづいた。

出てきた仲居に東吉が、

「佐平さんはいるかい」

と問いかけた。

仲居が、ちらりと錬蔵に視線を走らせた。あわてて膝を折り、坐った。

「御用の筋で」

問い返した顔に警戒がみえた。

「ちょいと聞きたいことがあってな。東吉に道案内をたのんだ」

錬蔵が応えた。

「いま、船遊びのお客さんを乗せて出ておりますが」

「いつごろ戻ってくる」

「屋根船を貸し切られてのことでして、日暮れになるかと」

仲居が錬蔵を見上げて、いった。

「出直すしかなさそうですね」

安次郎が声をかけた。

「そうだな」

錬蔵の応えを受けて、安次郎が仲居に告げた。

「出直してくらあ。佐平さんには、おれたちが顔を出すまで店にいるようにつたえといてくれ」

「それは間違いなく」

仲居がうなずいた。

通りへ出たところで安次郎が足を止めた。

「旦那、今日は東吉さんと動きたいんで」

錬蔵が東吉を見やった。

「すまねえが、面倒のかけついでだ。ちょいと安次郎に手え貸してやってくれるかい」

「端からそのつもりで」

東吉が笑みを浮かべて、揉み手をした。やけに愛想のいい顔つきだった。

その様子につりこまれて、錬蔵は、おもわず笑みを返していた。

「頼む。暮六つ（午後六時）に雪花の前で落ち合うことにしよう」

そう告げ、踵《きびす》を返した。

歩きだす。

背後で、安次郎と東吉が錬蔵に背中を向けて立ち去る気配がした。

錬蔵には気にかかっていることがあった。

二十人余りの女が行方知れずになっている。女を隠すとなると、どこぞに閉じこめる場所があるはずだと、錬蔵は推測していた。

錬蔵は東吉が見かけたというお夕のことを思い出していた。様子からみて、お夕はどうやら舟饅頭として躰を売ることを強要されているらしい。

（どこぞに拐《かどわ》かした女たちを玉とする闇の置屋ともいうべき組織があるのだ）

確信に似たものが錬蔵のなかにあった。

（誰に聞き込みをかけるか）

錬蔵はおのれに問いかけた。

脳裏に浮かんだ顔があった。河水の藤右衛門であった。

うむ、とひとりうなずいた錬蔵は河水楼へと足を向けた。

四

河水の藤右衛門はやってきた錬蔵を帳場の奥の座敷へ招じ入れた。

上座に錬蔵を坐らせ、向かい合った藤右衛門は、腰低くいった。

「今日は御用の筋でございますか」

「そうだ」

「わたしでお役に立つことですかな」

「藤右衛門殿でなければできぬことかと」

藤右衛門が黙り込んだ。

錬蔵も口を開こうとしない
わずかな沈黙があった。

藤右衛門が錬蔵を見つめた。

「役に立てるかどうかはお話を伺ってからということにいたしましょう」

「岡場所の女たちが二十人ほど、この二月の間に神隠しにあっているという噂をご存じですかな」

藤右衛門は応えない。錬蔵の次のことばを待っているのはあきらかだった。

「二十人余りの女たちはどこぞ秘密の場所に監禁されているはず」

藤右衛門は小首をかしげた。

「命を奪われ、密かにどこぞに捨てられた。そういうこともありうるのでは」

「そうも考えました。が、そのうちのひとりが何やら曰《いわ》くありげな男が操る小船に乗せられ、仙台堀をいずこかへ向かっているのを見た者がおります」

藤右衛門の目が細められた。

「その女は監視されながら春をひさいでいる。そういうことですかな」

「この深川のどこかに拐かした女たちを使って商いしている秘密の置屋が存在しているのではないか、と」

「闇に潜む遊里ですか」

「そのような闇の遊所の噂、耳にしてはおられぬか」

藤右衛門が冷ややかな眼差しで錬蔵を見据えた。

「そのこと、応えるわけにはいきませせぬな」

こんどは錬蔵が黙り込む番だった。

「わたしは岡場所で商いをする、御法度の埒外《らちがい》で棲《す》み暮らす者でございます。いわば科人《とがにん》同然の身。科人は科人仲間のことは、たとえわかっていても口が裂けてもいわない。それが筋を通す、ということでございます」

柔らかな物言いだったが、決して逆らえぬ厳しさがこもっていた。

予測していたことであった。錬蔵は凝然と藤右衛門を見つめた。

藤右衛門がことばを継いだ。

「ただし、我が身に災いが及んだときはその限りではございませぬ。我が身、我が商いを守るためには鬼にも蛇にもなるのが御法度の埒外に棲む者でございます」

藤右衛門が深々と頭を下げた。


河水楼を出た錬蔵は数歩行って足を止めた。入江町の鐘が七つ（午後四時）を告げている。暮六つまで一刻（二時間）ほどの間があった。鞘番所へ戻ろうとおもっていた錬蔵だったが気が変わった。

浮島一家が、かすを用心棒に仕立てて錬蔵と安次郎を襲った夜、

——面倒を避けるため
と河水楼に乗り込んだときに聞いた、不知火の徳蔵を追い込んだ火盗改メの呼子のことをおもいだしたからだった。

河水楼の座敷であれほど間近に聞こえたのだ。追い込んだあたりは河水楼からさほど離れていないとおもわれた。

（そういえば、あの夜以来、金魚の糞《ふん》さながらに後をつけ回していた政吉や富造がぷっつりと姿を見せなくなった……）

いまとなってみれば政吉や富造が懐かしく感じられる。

（政吉を呼び出して、あの夜の火盗改メの捕物のこと、くわしく聞いてみるか）

思い立った錬蔵は再び河水楼へ足を向けた。

幸いなことに店先に顔見知りの仲居がいた。

「政吉はいるかい」

錬蔵が声をかけると仲居は精一杯の愛想笑いで応え、

「板場のほうを手伝ってます。すぐ呼んできます」

と奥へ引っ込んだ。

ほどなく店と奥との仕切りにかけられた暖簾《のれん》をかき分けて、政吉が出てきた。

にやり、として錬蔵がよびかけた。

「どうした。このところ、すっかりお見限りじゃねえかい」

「主人《あるじ》が旦那の後をつけ回すのは止めにする、と言いだしましたんで。なんせ主人の命令には逆らえねえのが、この稼業でして」

政吉がいった。

「聞きたいことがあるんだ。この間、火盗改メが盗人を深川に追い込んだっていってたな。呼子の音がやけに近かったが、捕物騒ぎはこの近くだったのか」

「土橋界隈《かいわい》を火盗改メの方々が走り回っていたって聞きましたが」

「土橋？　目と鼻の先じゃねえか。道理で呼子が近くで聞こえたはずだ。捕物のことで、もう少し知ってることはねえかい」

「不思議なことに土橋のどこに盗人が潜んだのか、さっぱり足取りがつかめねえと溝口さまの手先の岡っ引きが首を傾げてましたぜ」

「土橋のどこかに盗人宿《ぬすっとやど》があるのかもしれねえな」

「それなら、あっしらの耳に入ってるはずなんですがね」

「蛇《じゃ》の道は蛇《へび》、か」

「そういうことで」

「そうかい。盗人宿は、この界隈には見あたらねえかい」

錬蔵は、ふむ、と顎を引いた。政吉に目をやって、いった。

「邪魔したな。また遊びに寄せてもらうぜ」

「お待ち申しておりやす」

政吉が揉み手をして腰を屈めた。

河水楼を後にした錬蔵は馬場通りを富岡八幡宮に向かって歩いた。

富岡八幡宮の神橋の前に立った錬蔵はぐるりを見渡した。右手に表櫓、裏櫓の櫓下、裾継、前には土橋、さらに奥には洲崎、左手には三十三間堂の遊里が点在している。

政吉がいうとおり、あの夜、火盗改メが追い込んだのは土橋あたりだろう。が、川や堀が縦横《じゅうおう》に入り組んでいる深川である。屋根船や猪牙舟などに身を伏せて菰《こも》でも被《かぶ》れば人目につくことなく逃れることはできる。不知火の徳蔵は、すでにこの深川にはいないかもしれないのだ。

が、錬蔵は、

（不知火の徳蔵は逃げ切れずにまだ深川のどこぞに潜んでいる）

と推断していた。確たる根拠があるわけではない。捕物上手と評判をとる火付盗賊改方長谷川平蔵の仕切りは、錬蔵をして、

――さすが噂通りのもの
とおもわせるものがあった。与力進藤与一郎を鞘番所へ出向かせ、

――この捕物、火盗改メにお任せくだされ。鞘番所の方々の探索は無用
と申し入れてきたのは、何も、

（町奉行所と火盗改メの手柄争いのためではない）

と錬蔵はみていた。

長谷川平蔵は、溝口ら鞘番所に配された同心たちのいい加減な務めぶりを知っていた、とおもわざるを得ないのだ。

おのれの力不足に気づかず、

——出来る

と思いこんでいる者たちとともに行動したときに起きる混乱を、失態の収拾のために動かざるを得ない無駄な労力、無意味な時の浪費を、錬蔵は何度も味わされていた。

（その無駄を省《はぶ》こうとしたに相違ない）

錬蔵は胸中でつぶやいた。

錬蔵は、あらためてぐるりを見渡した。

（まずは土橋から）

そう決めた錬蔵は二十間川に架かる蓬萊橋《ほうらい》へ向かって足を踏み出した。

錬蔵は蓬萊橋のたもとで立ち止まった。佃《つくだ》町の町家の途切れたところに佃稲荷の赤い鳥居が見えた。その先には榊原式部大輔《さかきばらしきぶたいふ》の下屋敷の塀が河岸道沿いに延びている。

佃町は俗に海といった。河岸沿いに岡場所があり、鶩《あひる》と呼ばれて殷賑を極めていた。

　錬蔵は流した視線を一点で止めた。瞠目《どうもく》する。

　鶯の、立ちならぶ茶屋の間の露地から同心の小幡欣作が姿を現した。小幡は羽織を羽織った見廻りをするときの出で立ちではなく着流しの、一見浪人者とも見える姿だった。茶屋の外壁にはりつくようにして外れにある局見世《つぼねみせ》のあたりを見つめている。

　局見世は最下級の女郎の集まっている一画で表に長押《なげし》を付け、なかに小庭を設けた広さ六尺（約一・八メートル）、奥行き二間（約三・六メートル）または六尺の部屋にいたことから、この名で呼ばれた。つぼね、端女郎《はし》ともいう。

　やがて局見世の露地からひとりの武士が出てきた。羽織袴姿の、目つきの鋭い筋骨逞《たくま》しい大柄の武士だった。後から出てきた肩幅のひろい、小柄だが、これもまた日頃から厳しい鍛錬をしているであろうとおもわせる、いかつい体軀の武士が大柄の武士に呼びかけた。何やら立ち話をしている。

　全身から緊迫したものを発していた。

（火盗改メの手の者に違いあるまい）

　錬蔵は小幡の様子から、ふたりの火盗改メを尾行しているとみた。

　刹那《せつな》……。

錬蔵は走り出した。

火盗改メのふたりが、小幡へ向かって駆けだしていた。小幡は露地から、あわてて飛び出した。が、脱兎《だっと》の如《ごと》く、とはいかなかった。石ころにでもつまずいたか足を天に向けた無様な格好で派手に倒れ込んだ。

ふたりの武士の動きは迅速だった。駆け寄るや、いかつい武士が小幡の襟首をつかみ、引いた。

引きずられながら小幡は手足をばたつかせ、ことばにならないわめき声をあげた。手をふりほどこうともがいたが、襟首をつかんだ手は微動だにしなかった。小幡は、後ろに手をのばし、武士の手にしがみついた。

そのとき……。

不意に武士の手が離れた。小幡はしたたかに後頭部をうちつけた。激しいめまいが小幡を襲った。ふらつく頭で必死に見上げた目の先に武士たちの前に両手を開いて立ちふさがる錬蔵がいた。

「邪魔する気か。容赦はせぬ」

いかつい武士が言い放ち、刀の鯉口を切った。大柄の武士は動かない。

錬蔵も表情ひとつ変えていなかった。

「その者、身共《みども》の知り人でござる。これにてご勘弁願いたい」

「この者、我らが後を尾けまわしておった。責めにかけ、なにゆえ我らを尾行したか問いただす所存」

大柄の武士が穏やかな口調で告げた。が、射るような目線を錬蔵に注ぎつづけている。

「人の目もある。おたがい務めを持つ身。名乗り合わぬがよい、とおもう。進藤殿も、そう判じられるはず」

両手を下げ、錬蔵が応えた。

「進藤様をご存じか」

大柄の武士がそういい、すぐに、はっと気づいて眼を据えた。

「まさか……」

「ご推察のとおり。先日、進藤殿にお訪ねいただいた者とおもっていただきたい」

「なら、なおさら許せぬ、といったら」

「追う者だけに目があるわけではない。壁に耳あり障子に目あり、と申す。追われる者に動きを覚られる愚は犯さぬがよい、とおもうが」

大柄の武士が怒気を含んだ目で錬蔵を見つめた。いかつい武士が刀の柄に手をかけた。その動きを大柄の武士が手で制した。

「いずれ挨拶する折りもあろう。こそこそと尾行をし、他人の物を掠《かす》め取ろうとする、鼠のような、卑《いや》しい動きはせぬことだ」

言い放った大柄の武士がいかつい武士に顎をしゃくった。

歩きだす。いかつい武士が小幡に向かって唾を吐きかけ、つづいた。

唾は小幡の袖にかかった。掌《て》で拭いながら小幡が立ち上がった。錬蔵に向かって、深々と頭を下げた。

「御支配、面目次第もございませぬ」

「火盗改メの後をつけ、手がかりのひとつでも掴もうとおもったのか。それが同心一同で知恵を振りしぼった末の策か」

「探索に遅れを取っていることはあきらか。尻馬にのるが一番と、皆で話し合いました」

錬蔵は凝っと小幡を見つめた。

「それが、おぬしらの知恵を振りしぼった末の策なら、それもよしとしよう。が、尾行は気づかれぬように為すもの。そのことだけは胆《きも》に銘じておけ」

それだけ言い捨て錬蔵は踵を返した。

小幡は呆然と立ちつくし、遠ざかる錬蔵の後ろ姿を見つめつづけていた。

暮六つに船宿『雪花』の表で錬蔵は安次郎、東吉と落ち合った。

店に入るとさきほど応対した仲居が出てきて、

「いましがた屋根船がもどってきました。客を下ろし、屋根船を舫《もや》っていた佐平さんに鞘番所の旦那たちが聞きたいことがあるのでできるだけ早く店にもどってくれ、とつたえてあります」

そういって、

「主人から鞘番所の旦那方がまいられたら座敷に上がってもらって佐平が来るのを待っていただくように、と言いつかっております」

と三人を座敷に案内した。

が、屋根船を舫ってすぐ来るはずの佐平はなかなか姿を現さなかった。

屋根船がもどってから小半刻（三十分）ほど過ぎたとき、安次郎が、

「様子を見てきやしょう」

と立ち上がった。東吉も、

「佐平の顔を知ってるのはおれだけだ。おれもいこう」

といい、ともに出て行った。

ほどなく、血相変えて座敷へもどってきた安次郎と東吉が、ほとんど同時に叫んだ。

「佐平が姿をくらましましたぜ」

「野郎、お美津の神隠しにかかわっていたんじゃ」

錬蔵の目が細められた。思案にくれたときの癖であった。

(すでに佐平は……)

錬蔵は不吉な予感にとらわれていた。

五

その夜、四つ(午後十時)になっても佐平は姿を現さなかった。

雪花の主人が顔を出し、

「見つけ次第、深川大番屋へ連れてまいります。多少荒くれたところはあるが根は真面目な男でして、いいつけに背《そむ》くなんて初めてのことで」

と申し訳なさそうに頭を下げた。

「そうしてくれ」

錬蔵は立ち上がった。安次郎と東吉もつづいた。

雪花を出たところで安次郎が錬蔵にいった。

「東吉が、佐平の住んでるところを知ってるというんで、あっしはこの足で佐平の長屋へ行ってみやす」

「そうか」

錬蔵は東吉にちらりと視線を走らせた。相変わらず愛想のいい顔つきで東吉が腰を屈めた。

「今夜は東吉のところに泊まり込むことにしやす」

「その方が、何かとよかろう」

錬蔵には安次郎の心持ちが痛いほどわかっていた。さっぱりつかめなかったお夕の手がかりをもたらしてくれた東吉である。そばにいることで、ひょんなことからお夕の消息の一欠片でも拾えるかもしれない。縋《すが》るような気持でいるに違いないのだ。

見送る安次郎たちに背を向けた錬蔵は、かすのことにおもいを馳せていた。

「しばらくは、かす、と呼んでくださいませ。人として立派に生きていける、と自ら思えたとき、そのときにあらためて親から授かった名、前原伝吉を名乗りたいところに決めております」

別れ際に、そういったものだった。

（かすからの知らせが必ずとどいているはず）

やる気があるならそうするはず、と錬蔵は判じていた。

不意に、浮かび上がった幻像があった。

火盗改メの手の者に襟首をつかまれ、無様に引きずられながら、わめきもがく小幡の姿であった。

「所詮、頼りにならぬ者たち」

錬蔵はおもわず口に出していた。

（少なくとも、あと一人、力になる者が欲しい）

錬蔵は心底、そうおもっていた。

鞘番所へもどった錬蔵は、まず長屋近くの塀際へ足を運んだ。

それは、たしかにあった。

夜陰のなかに白く浮き上がったかに見える、白紙につつまれた小石が塀近くに転がっていた。かすが投げ入れたものに違いなかった。

ひろいあげた錬蔵は小石をくるんだ紙を開いた。

——浮島一家、つねのとおり。荒松一家に多数の人の出入りあり。不穏の動きとなるや否《いや》や、探る所存　かの字
と走り書きしてあった。

（荒松一家？）

錬蔵は首をかしげた。

（東吉が立ち寄った浮島一家に何やら動きがあるかもしれぬ）

と踏んでいた錬蔵だった。東吉が仮牢を出て、一番最初に立ち寄ったところが浮島一家だった。ふつうなら、我が家へ最初に立ち寄る。東吉は、それをしなかった。

「まさかのときの留守番を浮島一家の永五郎に頼んでいましたので、まずは無事に娑《しゃ》婆《ば》へ出られたとの挨拶に出向こうと」

といっていた。が、錬蔵は、それだけのこととは判じていなかった。

（裏に何かあるやもしれぬ。いずれ、わかること）

と様子を見つづけていたのだった。が、かすの書付のなかみは、錬蔵の予測を裏切るものだった。

――浮島一家、つねのとおりとある以上、東吉はたんに挨拶にいっただけなのだろう。

鍊蔵はまだ東吉を信じてはいなかった。東吉の愛想のいい顔が脳裏に浮かんだ。

うむ、と呻き、鍊蔵は首を捻った。


翌日、朝日が登り始めるころ、鍊蔵は長屋の庭に出た。

大刀を抜き放つ。

一振り、二振りするたびに陽に映《は》えた刀身が茜《あかね》色の光となって走った。

鍊蔵の真剣の打ち振りは半刻(一時間)に亘《わた》ってつづいた。

渾身の気を籠《こ》めて、最後に大上段から一振りした刀を地面すれすれ、それこそ紙一枚挟み込むほどの位置で止めた。わずかずつ、長いときをかけ、呼吸をととのえながら正眼まで大刀をもどした。

顔面を汗が滴《したた》り落ちた。

その汗が安次郎のことを思い出させた。長屋に居るときは毎朝、鍊蔵とともに木刀を手にして打ち振りに励む安次郎であった。

なぜ安次郎が、これほどまでに剣の修行に打ち込むのか。鍊蔵のなかで、

——その理由《わけ》を知りたい
とのおもいが次第に膨《ふく》らんでいった。

ある朝、鍛錬が終わったあと、井戸端で汗を拭いながら問うた。

「町人のおまえが、なぜ剣の修行に励んだのだ」

安次郎が、にやり、とした。

「旦那、この深川で餓鬼《がき》のころから暮らしたら強くなりてえ、と心底から思いますぜ。なんせ右を向いても左を見ても無頼の、あくどい奴らばっかりだ。てめえの身はてめえで守らなきゃ生きてはいけない。強くなかったら、やくざどものいいなりになって、ご無理ごもっともと小さくなって暮らしていかなきゃならねえ。そいつが、あっしには我慢ならなかった」

「それで強くなりたい、と剣の修行に励んだのか」

「腕っ節が強くなったら、たとえ座敷のなかだけでもいい。いつも偉そうな顔つきをしている武士や金持たちをあからさまに馬鹿に出来る幇間になりたくなりやした。そいつも修行を積んで一応は三度の飯を食えるほどにはなりやした」

錬蔵も、おもわず、にやりとしていた。

「芸者衆に囲まれた色里の座敷のなかじゃ、毒舌を吐かれても大人《たいじん》を気取るしかない。下手に咎《とが》め立てしては『幇間とまともにやりあう気の小さいお方』とかえって嗤《わら》われるだけだ。毒舌を売り物にしたその反骨ゆえか」

「旦那だからいいやすが、そのとおりで。座敷でけっこう、この世の不平、不満を吐き出しておりやした」

「それは、さぞかし痛快な気分であったろうな」

錬蔵は高らかに笑った。その笑いに安次郎も合した。

その安次郎は、いま東吉とともに躍起《やっき》となってお夕やお美津ら行方知れずになった岡場所の女たちの探索にはげんでいる。

錬蔵は大きく息を吐き出した。

大刀を鍔《つば》音高く鞘におさめた。

塩で握ったお握り三個が、この日の錬蔵の朝餉だった。

用部屋に向かった錬蔵を前の廊下で姿勢を正して待っていた者がいた。小幡欣作であった。坐した膝の上に置いた手に数枚の調べ書を持っていた。

小幡が錬蔵の足音に気づいて、向きを変えた。

「昨日の探索の調べ書を持参いたしました。向後の探索についてご指示をあおぎたく」

受け取り、錬蔵が告げた。

「入るがよい」

戸襖に手をかけた。

机の前に坐った錬蔵は調べ書を読みすすんだ。ふたりの火盗改メを見いだし、後を尾けたこと、ふたりが土橋や鶩《あひる》など二十間川沿いの遊里の茶屋や局見世を虱《しらみ》潰しにあたっていたことなどが事細やかに記されていた。だが、成果は皆無、といった中味だった。

読み終わって錬蔵が問うた。

「溝口たちの調べ書が届いていないがどうしたのだ」

「いま書いておられる最中です」

「いままでの調べ書の筆運びは小幡、おまえひとりのものであったな。皆の代筆はやめたのか」

「今朝、きっぱりとお断りしました。火盗改メから鼠よばわりされた屈辱、決して忘れませぬ。探索は、おのれの才覚で為すものと身に染みました。他の方を手伝う余裕など、今の私にはありませぬ」

顔に厳しいものが見えた。

錬蔵は、再び小幡の調べ書に目を通した。顔を上げて、問うた。

「手先は何人いる」

「ふたり抱えております」

「人手が足りぬが、まずは仕掛かるしかあるまい。それらと共に二十間川、外記殿《げきどの》堀、永木《ながき》堀、十五間川、平野川を手分けして張り込め。川や堀を行き交う船、町行く者たちにつねと違ったものを感じ取ったら留め立てし、あらためろ。取り締まりが厳しくなったと見せつけるのだ」

「見せつける？」

「そうだ。できるだけ目立つようにやるのだ。不知火の徳蔵が、探索がこれ以上厳しくならぬうちに深川を脱しようと焦りだすほど、派手にやるのだ」

「不知火の徳蔵が動きだすのを待つ。そのために目立つように取り締まるのですね」

小幡が問い返した。

「隠れている者を探し出すのが難しければ動きたくなるように仕向けるしかあるまい。気長に粘《ねば》り強くやるのだ」

「さっそく取りかかります」

小幡が眦《まなじり》を決した。

小幡が引き上げるのと入れ違いにお紋がやってきた。

用部屋に入り、錬蔵と向かい合って坐るなりいった。

「昨夜、表櫓の茶屋『村雨楼《むらさめ》』の、五島屋の旦那の座敷に呼ばれたんですよ。驚くじゃありませんか。まだ海鳴丸は江戸湾沖に停泊してるっていうんですよ。『海鳴丸が出港したというのは私の勘違いだった。勘弁してくれ』と、そりゃ五島屋の旦那、平謝りで」

「五島屋は、そのことをいいにきたのか」

「そうなんですよ。でも、なんで今頃、勘違いだったなんて、いいにきたんだろう」

お紋の話を聞きながら錬蔵は御船手方同心の佐々木礼助が海鳴丸の船長《ふなおさ》を呼び出し、

——停泊が長期に亘る理由《わけ》
を問いただしたのではないのだろうか、と推《お》し量っていた。

船長は五島屋にそのことを話した。五島屋は御船手方が船長を呼び出したのは抜け荷の探索の手始めかもしれない、と不安を抱いたに違いない。

——誰が御船手方に海鳴丸のことを話したのか
と思案し、結果、お紋に思いあたり、様子探りにやってきたのではないのか、と錬蔵は推察した。

「五島屋に連れがあったか」

「材木問屋の奈良《なら》屋さん、物産問屋の美濃《みの》屋さんのふたり。二刻（四時間）ほど世間話をしながら呑んで、芸者を相手に座敷遊びを楽しんでらっしゃいましたよ。けどね、旦那」

そこでことばをきって、お紋は眉を顰《しか》めた。

「五島屋の旦那、ひと言だけでしたけど、わたしに聞いたんですよ。南蛮渡りの品のこと誰かに話したか、とね。そのときの目つきが、みょうに粘っこくて、こころの底まで探ろうとしているような厭《いや》な感じで」

大きな溜め息をついて、つづけた。

「ああ、思い出しても震えがくる。ほんとに気色悪い目つき」

錬蔵はおもわず身震いしたお紋の様子に、五島屋に抱いた疑念が、正鵠《せいこく》を射ているのではないか、と思い始めていた。お紋は多数の客を相手にする芸者稼業の女である。人を観《み》る目は人一倍備わっている、と考えるが妥当であった。

　錬蔵はあえて話を変えた。

「小染はどうしている」

「そうそう。小染ちゃんがお美津さんの手がかりが見つかったかどうか、聞いてほしい、といってました」

「まだ、何一つ、つかめぬ」

「神隠しなんてあるはずがないんですよ。お美津さんも、他の女《ひと》たちも拐かされた。そうなんでしょ」

　うなずいた錬蔵の胸中に、ふと湧いたことがあった。昨夜来、錬蔵をとらえて離さぬ、

（お美津の間夫は、はたして佐平なのか）

　という疑念であった。その疑念がどこから生まれたか錬蔵にもわからなかった。与力として長く探索にかかわってきたことで身についた何事も疑うという習癖がさせているることかもしれなかった。錬蔵は、東吉の、やけに愛想のいい笑顔をおもい浮かべた。あれほど底なしの人のよさそうな顔つきを、かつて錬蔵は見たことがなかった。

　錬蔵はお紋に告げた。

「小染に聞いてくれぬか。お美津の間夫の名を。もっとも、いたらの話だが」

「そのこと、明日にでも知らせに来ますよ」

お紋は艶然と微笑んだ。


お紋が帰ったあと、錬蔵は御船手方の向井将監の役宅へ向かった。

さいわい同心の佐々木礼助は屋敷内にいた。佐々木が同心詰所に入ってきた錬蔵の顔を見るなり、話しかけてきた。

「こちらから使いの者に書付でもとどけさせようとおもっていたところですよ」

「海鳴丸の船長にお会いになりましたか」

佐々木礼助が、啞然となった。

「どうしてわかったのです」

「ただの勘でござる」

「大滝殿の勘働きは生半可《なまはんか》なものではありませぬな」

微笑《ほほえ》んだ佐々木礼助は生真面目な顔つきにもどった。

「海鳴丸は肥前《ひぜん》国は平戸《ひらと》の廻船問屋大津《おおつ》屋の持ち船でして」

「平戸の。長崎とは間近な土地《ところ》でござるな」

「左様。海鳴丸の船長を呼びつけて聞いたところによると『近々、平戸屋の持ち船の南流丸が江戸に寄港する。南流丸の積み荷の一部を持ち帰らねばならぬので江戸湾に停泊して待っている』ということでありました」

「海鳴丸の船長から話を聞かれたのはいつのことでござるか」

「三日前でござった」

佐々木礼助は申し訳なさそうにことばを足した。

「大滝殿への知らせを三日もほったらかしにしていたのですな。御用の向きのことであろうとおもいながら、ついつい御用繁多で、すまぬことでした」

佐々木礼助が頭を下げた。

「いえ。当方の用向き、聞きにまいるが当然のこと。それより、気にかけて、わざわざ調べていただいたこと。有りがたくおもっております」

錬蔵は深々と頭を下げた。

御船手屋敷をあとにした錬蔵は鉄砲洲浪除稲荷の境内の海際にいた。江戸湾には数十隻の千石船が停泊している。船影が折り重なって見えた。そのなかの一隻は海鳴丸なのだ。

錬蔵は、

(五島屋はお紋が海鳴丸のことを御用の筋のものに洩《も》らしたと疑い、探りに来たに違いない)

との確信を抱いていた。

おそらく御船手方の佐々木礼助に呼び出された海鳴丸の船長は御船手屋敷を出たあと、まっすぐに五島屋に出向いた。

(そして、昨夜、五島屋はお紋を座敷に呼んだ)

船長から五島屋が話を聞いた。その翌日の出来事なのだ。

(それほど慌てて確かめねばならぬほどのことが裏で動いている)

錬蔵の勘が、そう告げていた。

抜け荷。神隠しにあったと噂される行方知れずの岡場所の女たち。不知火の徳蔵。逃がし屋。何もかもが混沌のなかにあった。

錬蔵は、うむ、と呻いた。

解決の糸口は何一つ、つかめていなかった。

(人手が足りぬ。このままでは、どうにもならぬ)

錬蔵は襲い来る無力感に懸命に立ち向かっていた。

(何か、やらねばならぬ。何かを)

錬蔵は江戸湾を見据えた。そこに、手がかりが漂っているかのような気がした。

いつしか、折れんばかりに強く奥歯を嚙みしめていた。

四章　百鬼夜行《ひやっきやぎょう》

一

錬蔵の足は土橋へ向いていた。

小幡欣作がどのような手配りをしているか、町家の蔭からさりげなく眺めるつもりであった。

摩利支天横丁から二十間川の河岸道へ出る。蓬萊橋へ向かって、すこし行ったところで錬蔵は町家の柱の蔭に身を置いた。

河岸道の土橋の茶屋の前に小幡がいた。着流しに羽織という、見廻りのときの八丁堀同心の出で立ちで、手にはこれみよがしに十手を持っていた。

岸辺沿いに目をやると十手片手の岡っ引きがぐるりに目を光らせていた。

さらに蓬萊橋の先に目をやった錬蔵の顔に驚きが浮いた。

そこに、おもいもかけぬ者が立っていた。

同心の松倉孫兵衛が白髪まじりの頭をゆっくりと左右に揺らしている。まわりに警戒の視線を走らせているとみえた。やはり羽織を羽織って着流しの、いかにも同心といった様子であった。小幡同様、手に十手を持ち、時折肩を叩いている。

どういう風の吹き回しで松倉孫兵衛が行を共にするようになったか錬蔵は、その仔《し》細《さい》を知りたくなった。

柱の蔭から出た錬蔵は、ゆったりとした足取りで近づいていった。

気配に気づいて小幡が十手を固く握りなおしながら、振り返った。万が一争うことになったときに備えての動きであった。

「御支配」

錬蔵の姿をとらえて、微《かす》かに笑《え》みを浮かせた。

「なかなかいい手配りだ。もっと、これみよがしにやっても、いいかもしれぬぞ」

にやり、とした。

「もっと、これみよがしにでございますか」

小幡が首をかしげ、自信なさげな顔つきとなった。

「時折、見知った顔のやくざ者などの足を止めさせ、しつこく『見慣れぬごろんぼどもを見かけたことはないか』など、と聞いてやればいいのよ。それだけやっておけば、あとはやくざどもが『厳しいお手入れが始まるかもしれない』と勝手に思い込み、口から口へと話に尾鰭《おひれ》をつけて広めてくれるさ」

「そういうものでございますか」

「悪いことをしている奴は、『御用の筋に、どこからか見張られているかもしれない』などと、こころのどこかでいつもびくついているものさ。針でちょいと一突きしてやれば、誰《たれ》かが密告こんだのかもしれねえと疑心暗鬼になり仲間割れを起こしたりするものさね」

「何でも、やってみることですね」

「そうだ。やってみなきゃ何も始まらねえ。無駄を承知で動くこった。無駄だとおもってやったことがおもわぬ結果を生みだすこともあらあな」

小幡が真剣な顔つきでうなずいた。

「ところで」

「は」

と身を乗りだす。

「松倉さんが出張ってくれてるようだが、どういう経緯《ゆくたて》ではじまったことかい」

小幡が顔を寄せて、声をひそめた。

「それが、私が御支配の用部屋から同心詰所へ戻ると松倉さんが近寄ってきて『どういうことになった』と聞いてこられたので、御支配からの指示されたことについて話しましたところ」

松倉は、しばらく首をひねって思案に暮れていたが、やがて、

「御支配からのご指示、わしがおぬしを手伝っても御支配からは何の咎めもあるまい。人手が多いほうが、何かとうまくいく策だとおもう」

といいだした。

小幡も、

「そのほうがよかろう」

と判じた。

さっそく手先の者に声をかけ松倉と相談して、

「人手も足りぬこと、まずは火盗改メが不知火の徳蔵を追い込んだ土橋を徹底的に見張ろう」

ということになった。

小幡欣作の話を聞き終えて、錬蔵が問うた。

「溝口と八木はどうした？」

「『火盗改メを尾行して、尻馬に乗るが手がかりを得る早道』と言いだした手前、溝口さんは引っ込みがつかないのでしょう」

「まだ火盗改メの誰ぞの後を尾けまわしているのか」

錬蔵は眉をひそめた。

尾行に気づかれ諍《いさか》いごとにならねばよいが、とおもったからだった。

小幡のときはさいわい錬蔵が通りかかり、大事にはいたらなかった。

（繰り返されていることだ。捕物で気が立っている火盗改メの者が今度は手ひどいことを為すに違いない）

と推断した。

が、

（しょせんいっても聞き分けぬ者のこと、仕方あるまい）

とおもいなおした。

「八木は？」

「よくわかりませぬ」

「よくわからぬ？　どういうことだ」

錬蔵が問いかえした。

「何しろ古今の書物や草紙を読むのが何より好きなお方。動きだすには自ら納得できる、それなりの理由づけがないと何も始まらないお人で」

「いつも、そうなのか」

「は」

小幡が小さくうなずいた。

錬蔵は八木周助にたいして、

（何の口出しもせぬ）

と決めた。

ともに務める同心たちが動き始めたとき、何もせずに何時《いつ》までいられるか。もし、そのまま、ぶらぶらと無為に時を過ごすのであれば、そのときはそのときのこと、

――この者、無用
と筆頭与力に申し出、深川鞘番所から他の務めへ代わってもらうしかない、と腹をくくった。

他の部署で、

――いらぬ

といわれ、行き場がなくなったときに八木が自ら考え、行動すればいいだけのことなのだ。

——やる気のない者は役に立たぬ。そのような者、まともに相手にできぬ

それが錬蔵の与力務めで得た、役向きを果たす知恵のひとつであった。

「出来うる限りのことをやる。それだけを心掛けてくれ」

そう告げて錬蔵は小幡に背を向けた。

そのとき、町家の柱の後ろに立つふたりの武士の姿が目に入った。ひとりは深編笠をかぶった、浪人とも見える着流し姿だった。羽織袴を身にまとった、もうひとりに見覚えがあった。

あらためるべく錬蔵は目を凝《こ》らした。

羽織袴の武士も錬蔵の視線を避けることはなかった。まっすぐに見返してくる。

錬蔵の面をあらためるためか浪人風が深編笠の端に手をかけ、わずかに持ち上げた。

錬蔵の記憶の糸がつながった。

羽織袴の武士は、火付盗賊改方与力進藤与一郎であった。

深編笠から手を離し、進藤と向き合った浪人風は踵《きびす》を返した。そのまま歩き去って

いく。後ろ姿に隙《すき》がなかった。かなりの剣の使い手とみえた。錬蔵のなかを、

（もしや長谷川平蔵様では……）

とのおもいがかすめた。

ふてぶてしい薄ら笑いを浮かべて進藤が錬蔵に歩み寄ってきた。

「気づかれてしまいましたな、大滝殿に」

「進藤殿には、深川大番屋の手配りでも探りにまいられたか」

錬蔵のことばに進藤は、

「図星」

とだけ応えた。薄ら笑いを消してはいない。

錬蔵が問うた。

「深編笠で顔を隠しておられるが長谷川様とお見受けしたが」

進藤の顔から笑みが失《う》せた。

「なぜ、そうおもわれる」

「身のこなしに隙がなかった。それゆえ」

「御頭《おかしら》とおもわれたか。なるほど」

その顔に再び皮肉な笑みがみえた。

「御頭から大滝殿へつたえてくれ、といわれての。それで声をかけたのだ」

「長谷川様から、どのような」

「追って見いだせぬものなら出てこざるを得なくなるように仕向ける真綿で首を絞める策、なかなかにおもしろい。が、人手が足りぬと効を上げるにも時がかかるとみた。火盗改メからも深川大番屋と重ならぬところに人を出すゆえ、ご承知くだされ。要は不知火の徳蔵を捕らえればよいこと。江戸の町からひとり悪党を消すのが我らの務め。御頭はそうおっしゃられた」

「要は不知火の徳蔵を捕らえればよいこと。江戸の町からひとりの悪党を消すのが我らの務め」

錬蔵がつぶやくように鸚鵡《おうむ》返しした。おもいは同じであった。

「承知仕った」

錬蔵の応えに、

「御返事、御頭にしかとおつたえ申す。これにて御免」

進藤は錬蔵に小さく頭を下げ、踵を返した。

口を挟むことなく様子をうかがっていた小幡が声をかけてきた。

「先日の火盗改メ与力の進藤様ではありませぬか。私めのことで、何ぞお咎めがあったのでは」

「それはない。ただ」

錬蔵は、そこでことばをきった。

「ただ、何でござる」

問いかけた声に武張《ぶば》ったものがあった。

「不知火の徳蔵の首を真綿で絞めて誘い出す。おもしろい策ゆえ、火盗改メにても、その策に乗せていただく。人手が多いほうが効も早く現れるはず。深川大番屋の手配りなきところを警戒いたす、との申し入れであった」

「尻馬に乗るとは、武士にあるまじきこと。火盗改メの申し入れ、御支配においてはお断りなされたでありましょうな」

「承知いたした、と応えた」

にやり、として小幡を見やった。

「武士は相身互い、と申すではないか。尻馬に乗ったは、こっちが先。文句のいえる筋合いではない」

「それは……」

虚をつかれて小幡が口あんぐりとなった。面目なさげにうつむいて、ぼそりといった。

「負けられませぬな、火盗改メには。このこと、松倉さんにもつたえておきます」

「そうしてくれ」

錬蔵はそういうなり背中を向けた。もう一ヵ所見ておきたいところがあった。

錬蔵は門前仲町へ向かって歩みをすすめた。

馬場通りを行き門前仲町の町並みを過ぎると一の鳥居となる。行く手に黒江《くろえ》川に架かる八幡橋がみえる。

陽《ひ》が西に傾く頃合いであった。火の見櫓《やぐら》が薄い茜《あかね》に染まっていた。

櫓下や裾継《すそまま》、土橋などの遊里へ向かうのか男たちがたがのゆるんだ顔つきで歩いてくる。早めに仕事を切り上げて遊里へ乗り込んできたのだろう。

錬蔵は遊客たちの流れに逆らって歩いていく。西念《さいねん》寺を右にみて、さらにすすんで右へ曲がると西念寺横丁となる。

奥州橋へ向かって西念寺横丁を行くと左手、黒江町の町家の建ちならぶ一画に荒松一家はあった。

蕎麦屋や鰻屋などが軒《のき》を連ねている。ここらは櫓下からほど近い一画であり、茶屋や局見世《つぼねみせ》をひやかした男たちが腹を満たしに寄ったり、一休みして蕎麦を肴《さかな》に酒を呑んだりする安手の店が点在していた。

錬蔵はゆっくりと荒松一家の前を通り過ぎた。

戸障子四枚がつらなる、なかなかの表構えであった。真ん中の二枚の戸障子に、二重の長四角で囲んで『荒松』と骨太の文字が書かれてある。

見張りのつもりか、ひねくれた顔つきの若い衆が道行く人を睨《にら》みつけるように表戸脇に置かれた縁台に坐っている。

着流し巻羽織のいかにも見廻りといった出で立ちの錬蔵を見て、若い衆があわてて顔を背《そむ》けた。

錬蔵は立ち止まり、若い衆をじろりと見据えた。しばし、そのままでいる。

若い衆はそのままでいたが、錬蔵を上目づかいに盗み見るとそっぽを向いて立ち上がり、そそくさと戸障子をあけ、なかに入った。

若い衆の気配が消えたのをたしかめた錬蔵は再び、やってきたほうへもどった。

錬蔵は通りすぎた蕎麦屋の格子窓の向こうにかすが坐っていたのに気づいていた。

（荒松一家の者にかすと、たとえ行き交ってことばを交わすだけでも一緒にいるところを見られたくない）

と判じた末の錬蔵の動きであった。

前方に蕎麦屋の暖簾《のれん》をかき分けて出てきた姿がみえた。馬場通りへ向かってゆっくりと歩いていく。ふつうに歩いても追いつける足取りであった。

追いつきざま錬蔵が小声で話しかけた。

「振り向くな。話せ」

「荒松一家の動き、あいかわらず。気にかかります。なんとか手段を講じ、入り込む所存。浮島一家の見張り、ままならず。手配り願えれば」

顔を前に向けたまま、応えた。

「何とかする。今日の報告、これにてよし」

同じく、顔を前に向けたまま錬蔵が低くいった。

「入り込めたときは日々の知らせが途切れまする」

「わかった」

かすが立ち止まった。錬蔵はそのまま歩き去っていく。傍目《はため》には錬蔵が、追い抜いていったとしかみえないはずであった。

かすが両手を高々とあげて、大きな欠伸《あくび》をした。いかにも暇を持て余しているようにおもえた。向きを変えて、もとの方向へぶらぶらと歩きだした。

荒松一家の前に立ち戸障子に手をかけ、開けた。

土間に足を踏み入れて、奥に向かって怒鳴った。

「かす、だ。用心棒の口はないかとおもって顔を出した。晩飯でも喰わせろ」

二

安次郎のことも気になったが錬蔵は鞘番所へ戻ることにした。どこに聞き込みにまわっているかわからぬ安次郎を探す愚は避けるべきだと判じたからだった。

鞘番所の門前で錬蔵は予想だにしなかった光景と出くわすことになる。

岡っ引きと手先のふたりをしたがえた八木周助が鞘番所から出てきたのだ。

八木は錬蔵の姿を見いだすと頭を下げた。

「捕物か」

錬蔵が問いかけた。

「小幡が御支配と話して土橋界隈《かいわい》へ警戒のため出張りました。松倉さんも『その探索、わしも仕掛かろう』と共に出掛け、そろそろ陽が落ちるというのに帰ってきません。夜は拙者が代わってやろうとおもい、手先を呼び寄せ、これから出向くところです」

以前と顔つきが変わっていた。気持の踏ん切りがついたのだろう。

「松倉や小幡はおぬしが交代しようと出張ってくること、知っておるのか」

「いえ。行って驚かしてやろう、かと」

照れたような笑みを浮かべた。

「ふたりとも喜ぶだろう。溝口はどうした」

八木が困惑した表情を浮かべた。

「火盗改メの尻馬に乗るが探索の早道、といって昼前に出たきり、まだもどっておりませぬ」

「そうか。なら、三人でやるしかないな。端《はな》から無理な動きをしては長続きせぬ。二交代、あるいは三交代で警戒にあたるか、三人で話し合って決めるがよかろう」

「そういたします」

八木はそういい、したがう手先たちを振り返った。

「出かけるぞ」

岡っ引きたちが無言でうなずいた。

翌朝、錬蔵が日課の大刀の打ち振りを終え、井戸端で汗を拭っているところに門番がやって来た。

「お紋と名乗る者がやってきて、御支配に至急お目にかかりたい、と申しておりますが、何分まだ早朝、如何《いかが》いたしましょうか」

「長屋で話を聞く。通せ」

袖に腕を通しながら錬蔵が応えた。

やってきたお紋は手に大きな風呂敷包みを抱えていた。風呂敷の結び目から大根の葉がはみ出している。

お紋は長屋に入ってくるなり座敷には上がらず、土間づたいに台所へ向かった。風呂敷包みをほどき、襷《たすき》をとりだした。襷をかけながら台所に顔を出した錬蔵にいった。

「昨夜、お座敷へ行く途中で竹屋の太夫と出会いましてね。頼まれごとをしてくれ、というんですよ」

「頼まれごと？」

錬蔵が問い直した。

「竹屋の太夫が『しばらく東吉さんの住まいに泊まり込んで、探索をつづける、と大滝の旦那につたえてくれ。ただひとつ気がかりなのは旦那の朝飯だ。おれがいないと旦那は朝飯を抜くかもしれねえ。もしよければお紋さん、おれが長屋へ戻るまで旦那の朝飯をつくりに出向いちゃくれねえか』といって、手を合わせるんですよ。そうなると後へは引けないのが深川っ子でね」

いいながら、安次郎から教えられていたのか竈《かまど》の灰に埋めてあった火種をかきだし、まわりに薪《まき》を置いた。火吹き竹を口に当てて吹く。

錬蔵は板敷の間の上がり端に胡座《あぐら》をかいて、お紋を見ている。格子縞《じま》の小袖を着て、薄化粧のお紋は芸者のときの艶《あで》やかさとは違って、いかにも素人っぽい装いで、嫁に行き遅れた女に見えた。

薪に火がついたのを見届けたお紋は錬蔵を振り返った。

「今日のところは鯵《あじ》の干物と蜆《しじみ》の味噌汁ぐらいしか出来ませんよ」

「すまぬ。馳走になる」

錬蔵は頭を下げた。

「何ですか、水臭い。頭なんか下げなくてもいいですよ」

「ところで、小染に聞いてくれたか、お美津といい仲の男のことを」

「昨夜、お座敷が一緒だったんですよ。小染ちゃんは、船宿『雪花』の佐平という船頭といい仲だ、とお美津ちゃんから聞いたことがある、といってました」

「そうかい。相手は船宿『雪花』の船頭で佐平かい」

東吉は嘘をいってはいなかった、と錬蔵はおもった。

（おれは東吉を疑り過ぎているのかもしれない。が、しかし……）

錬蔵は首をかしげた。東吉を信じきれない何かが、いまだに、こころの中に沈殿している。

錬蔵が思案している間にも、お紋は手際よく料理をつくっていった。ごはんも炊きあがってきた。竈で火をつけ、赤々となった炭を七輪にくべた。網をおき、干物をのせた。蜆の味噌汁をつくる。

蜆の味噌汁の芳《かんば》しい匂いが長屋内に立ち籠《こ》めてくる。干物の焼ける煙が立ち上った。

錬蔵は急に空腹をおぼえた。

「もうじき、できますからね」

お紋は水瓶から柄杓《ひしゃく》で水を汲み上げ鉄瓶に注ぎながら、そういった。姉が弟に喋りかけるような口調だった。

錬蔵のなかに温かいものが広がっていた。錬蔵は台所に立つ母の姿を見たことがなかった。料理をつくるのは爺や代わりの下男の伊助であり、たまの休みのときに慣れぬ手つきで伊助とともに台所に立つ父の姿であった。父の軍兵衛が伊助まかせにせず、なぜ料理をつくってくれたか、そのころの錬蔵にはわからなかった。父の料理は伊助のつくるものより、うまくはなかった。が、父の手作りのそれは、なにか温かいものをつたえてくれているような気がして、残さずに食べた。その、

――なにか

が何なのか、軍兵衛の生きている間は考えようともしなかった。が、父の死後、それが、

(母を幼くしてなくした我が子へ、母に代わって、母の愛の欠片《かけら》でも満たしてやろうとする深い愛だったのかもしれない)

とおもうようになっていた。

父からつたえられた母の温かさに似たものが、いま、錬蔵のなかに生まれていた。

うむ、と錬蔵はうなずき、かすかに笑みを浮かせた。

そのとき……。

お紋の声がかかった。

「いやですよ、旦那。思い出し笑いなんかして」

顔を上げた錬蔵の目に満面に笑みを浮かべたお紋がいた。

「おもったより手間がかかって。お腹がすいたでしょ」

上がり端に出来た料理がならべられた箱膳が置かれていた。

「できましたよ」

そういって、お紋は箱膳に蜆の味噌汁をのせた。

「温かくて、うまい」

味噌汁を一口飲んで、錬蔵が顔をほころばせた。

「お口にあってよかった」

お紋が微笑んだ。

お紋は上がり端に腰掛けて、さっさと朝餉をすませた。そのまま、錬蔵が食べ終わるのを待っている。決してせかそうとはしなかった。

食べ終わり、錬蔵が箱膳に箸を置いた。

「実にうまかった。礼をいう」

錬蔵は浅く頭を下げた。偽らざる気持だった。

お紋が、照れくさそうに微笑んだ。

「遠慮はなしってことにしてくださいな。いろいろと相談にのってもらってる。あたしにできることはこれくらいのことしかないんですから」

錬蔵の前の箱膳を下げて土間に降り立ったとき、

「旦那見てると、ほっとけなくてね。明日も来ますから洗濯物も出しといてくださいよ」

背中を向けたまま、ぼつりといった。聞こえるか聞こえないかの小さな声だったが、錬蔵には、なぜか、はっきりと聞こえた。

「すまぬ。甘えさせてもらう」

錬蔵は何の抵抗もなく、素直に出たことばに途惑《とまど》いすらおぼえていた。

(これも、なかなか悪くない)

ともおもった。

不意に湧いた、かつて味わったことのないこころの揺れに、錬蔵は、どう対処していいか迷った。迷った原因《もと》が奈辺《なへん》にあるか、探ろうとして首をかしげた。

お紋が引き上げた後、錬蔵は用部屋へ向かった。

入ると机の上に調べ書が置いてあった。小幡欣作と松倉孫兵衛のものだった。調べ書の上に、

——八木周助殿、土橋にて夜を徹しての警戒の任に就いておられ候　日々の調べ書はもどられ次第、仕上げられ提出とのこと　小幡欣作

と書かれた紙片が一枚置かれていた。文字が躍《おど》っている。小幡の張り切りぶりが、書面から、うかがえた。

錬蔵は、にやり、とした。同心たちがやっとやる気を出して務め始めた。深川鞘番所の錆《さ》びついた歯車のひとつひとつが、きしみながら回り始めた手応えを錬蔵は感じとっていた。

かすが案じていた浮島一家の見張りは、

——出入りを見張るだけでよい。手下の者にでも張り込ませてくれ

と小幡にいいつけてある。かすが荒松一家、小幡の手下が浮島一家に張りつくだけで、それぞれが動きにくくなるはずであった。

錬蔵は、調べ書が二束《ふたたば》ねしか届いていないのに気がついた。

溝口半四郎のものがなかった。

錬蔵は溝口の、いかにも自信ありげな風貌を思い浮かべた。溝口は天下無双流の棒

術と捕縄《ほじょう》術の目録に加えて、神明一刀流《しんめいいっとうりゅう》皆伝の腕前の主であった。

棒術と捕縄術は与力、同心が必ず身につけねばならぬ業《わざ》であった。が、人それぞれで目録までの腕の持ち主は町方同心のなかにも、そうはいなかった。

神明一刀流皆伝ということもあって溝口は、おのれこそは一流の同心との自信を抱いた。その自信は慢心となって現れた。溝口は事あるごとに上役、同僚を小馬鹿にし、侮蔑して衝突した。

「手に余る奴。目障りなり」

と北町奉行所を放逐されたも同然の扱いで深川大番屋へ配された曰《いわ》く付きの男であった。錬蔵は、そのことを深川鞘番所に赴く前に年番与力の笹島隆兵衛から聞かされていた。

「厄介な奴、と皆が敬遠している。腕は立つが、やたら僻《ひが》み根性の強い奴、との評もある。触らぬ神に祟《たた》りなし、というぞ。まともに相手にならぬことじゃ」

目をしばたたかせて、笹島隆兵衛が告げたのを錬蔵は憶えている。

昨日は、溝口からは紙片一枚だけの調べ書が届けられていた。

――我がやり方にて鋭意探索に励みつつあり。よき結果、暫時待たれたし

とのみ記された、探索の経過のほどを報告する日々の調べ書にはほど遠いなかみの

ものであった。
その一枚の紙切れさえ、今朝は届けられていなかった。
——厄介な奴
といった笹島のことばが錬蔵の脳裏に甦《よみがえ》った。
錬蔵は宙に目線を泳がせた。
が、それも一瞬のことであった。
錬蔵は、小幡の調べ書を手に取り、読み始めた。

三

錬蔵は同心詰所をのぞいた。誰もいなかった。

——溝口さんは火盗改メの後を尾けるが探索の早道といわれて、出かけられましたとの小幡欣作のことばが気にかかっていた。

ひょっとして尾行を咎めた火盗改メの者と諍いになり刃物三昧《ざんまい》に至ったのではないか、とのおもいがある。

錬蔵は、しかし、溝口のことを考えることをやめた。

（どこにいるか、わからぬ。帰るのを待つしかない）

錬蔵は、

（昼まで出かけぬ）

と決めた。

門番に、

「昼まで長屋にいる。何かあったら知らせてくれ」

と告げて長屋に戻った。

奥の座敷へ入り、横になった。疲れが溜まっていたのか目を閉じると、いつのまにか眠っていた。

「御支配。御支配」

呼びかける声が遠くから聞こえる。

「御支配、溝口さまが」

溝口、と聞いたとき、錬蔵の意識がはっきりと覚醒した。

起き上がる。

大刀を手に表へ向かった。

土間に立った門番が腰を浮かせて奥をのぞき込んでいた。血相が変わっている。表戸は開けっ放しだった。

「どうした？」

「溝口さまが簀巻《すま》きにされて表門の前に捨てられておりました。この書状が巻かれた簀の上に置かれておりました」

手にした封書を錬蔵に差し出した。

受け取って封を開く。

なかには二つに折った書付が一枚だけ入っていた。

開いた。

『どぶ鼠一匹、目障りにつき仕置き仕り候』

墨跡《ぼっこん》太く記されてあった。差出人の名はない。が、錬蔵には、誰が為したことか、よくわかっていた。火盗改メの誰ぞのしわざにちがいなかった。封書にしたのは、

——せめてもの武士の情け
であろう。

「溝口はどうした」

「同心詰所に運び入れておきました」

「気づいたか」

「いまだに。褌《ふんどし》だけで拷問を受けられたらしく躰中傷だらけで、あちこちに血がこびりついておりまして」

「両刀と十手、衣服は？」

「簀のなかに溝口さまとともに巻き込まれてありました」

錬蔵の顔に安堵の色が浮いた。

武士の魂ともいうべき大小の刀。同心の誇りともいうべき十手。八丁堀同心の威勢をしめし小粋に着こなす羽織。それらのひとつでも火盗改メに取り上げられ、

「北町奉行所同心溝口半四郎の持ち物也」

と高札を立てて曝《さら》されたら、それこそ北町奉行所の名誉にかかわること。溝口が腹掻《か》き切っても償《つぐな》いきれないほどの恥を江戸中にまき散らすところであった。

「溝口を詰所の土間に寝かせておけ。それと、水を張った水桶を用意しろ」

「水桶に水を。いかがなさるので」

ことばの意を解しかねたのか門番が問いかえした。

「知れたこと。水をぶっかけて正気づかせるのよ」

「それはあまりに手酷いのでは」

「早く支度せよ。不覚者に情けは無用ぞ」

錬蔵の厳しい物言いに、門番は、

「直ちに」

跳び上がらんばかりに駆けだしていった。

溝口半四郎は同心詰所の土間に、巻かれていた簀を敷物がわりに横たえられていた。

両頰に大きな青痣《あざ》があった。躰は腹や両腕、太股が青黒く腫《は》れ上がっていた。皮膚が裂け、乾いた血があちこちにこびりついている。みえないが、背中にも多数の責め傷が残っているに違いなかった。様子からみて、捕らえられ、なぶり者にされたともえた。

錬蔵は黙然《もくぜん》と見据えている。傍《かたわ》らに知らせに来た門番のほかにふたりの手下が控えていた。

「水」

錬蔵が手を差し出した。水桶のそばに控えた門番が柄杓に水を汲み、渡した。

錬蔵が柄杓を大きく振った。水は溝口の顔面を濡らして飛沫《しぶき》となって散った。

大きく呻《うめ》いた溝口が顔を左右に振って、水を弾《はじ》きながら目を開いた。

「気がついたか、溝口」

鍊蔵が声をかけた。

びくり、と躰を震わせて、溝口が顔を鍊蔵に向けた。

「御支配」

驚愕に声が震えた。

「なぜ、ここに」

「簀巻きにされて鞘番所の前に捨てられていたのだ。この封書とともにな」

眼前に書付を突きつけた。溝口が食い入るように見つめた。

「どぶ鼠一匹、目障りにつき仕置き仕り候……どぶ鼠、と」

悔しげに唇を噛み、起き上がろうとした。が、痛みに大きく呻いて、そのまま崩れ落ちた。

「皆、すまぬが、この場を外してくれ」

鍊蔵が門番らに告げた。

たがいに目配せしあい、門番たちが同心詰所から姿を消した。

見届けた鍊蔵が溝口に向き直った。

「捕らわれたときの様子など聞きたい」

「不意を。不意をつかれ申した。卑怯《ひきょう》千万なる振る舞い。挟み撃ちに」

溝口が無念げに呻いた。

「不意をつかれた。まことか」

「そうでなくては、このような仕儀にはなり申さぬ。溝口半四郎、神明一刀流皆伝の腕前でございまする」

「溝口、この期《ご》に及んで、なぜ虚勢を張る」

錬蔵が、眼光鋭く睨み据えた。

「虚勢とは聞き捨てなりませぬ。身共が虚勢など、虚勢など恥知らずなことを」

「虚勢でなければ見栄《みえ》だ」

「見栄、虚勢。御支配といえども、その暴言、許しませぬぞ」

「たわけ。尾行していた者がなぜ不意をつかれる。不意をつかれたとおもうたは、ただ、おのれの不覚」

溝口が、呻いて、目を背けた。

「おれは小幡が尾行にしくじり、火盗改メに捕らえられそうになったところを助けたことがある。そのとき、火盗改メの手の者が小幡を嘲《あざけ》り、発したことばが、どぶ鼠の一言であった」

「……それは」

溝口が喘《あえ》いだ。

「溝口半四郎、深川大番屋支配として命じる。おれがよし、というまで謹慎せい。岡っ引き、手下は八木にあずけ、土橋界隈の警戒にあたらせる。岡っ引きたちへの手配りは八木にやらせる。よいな。大番屋から一歩も外へ出ること許さぬ」

溝口がことばにならない声を上げた。

「そのまま土間に横たわっているがよい。おのれの不覚、奈辺にその原因《もと》があるか、よく考えることだ」

錬蔵は背中を向けた。振り向くことなく同心詰所から出て行く。

表戸を後ろ手で閉めたとき、溝口の叫び声が上がった。悲憤と呪詛《じゅそ》が入り混じった、地の底から這《は》い上がってくるような、陰鬱な響きを、錬蔵はひしひしと感じとっていた。その悲憤と呪詛が誰に向けられたものか、錬蔵には計れなかった。叫びは、やがて慟哭《どうこく》となって、歩き去る錬蔵の背に追いすがり、まとわりついた。

お紋が、

――急ぎのときのお菜《かず》には何かと役に立つのがこれで

とみやげに持参した鰯《いわし》の佃煮と香の物、冷や飯に手のすいた門番がとどけてくれた温めのお茶といった昼飯をすませた錬蔵は、

（一睡もせずに一夜、務めた者を叩き起こすは気の毒）

とおもいながらも小者に、

——八木に急ぎの用がある。用部屋まで連れてまいれ

と命じた。

錬蔵には寸刻を惜しんで、やらねばならぬことがあった。

——深川界隈の自身番の見廻り

である。錬蔵は、

（安次郎と東吉が足を棒にして歩き回っても佐平の行方はつかめまい）

と推断していた。長年の捕物で培《つちか》った勘が告げたこと、とでもいうべきであろうか。

錬蔵のなかで、

（佐平は殺されたに違いない）

との予測が強まっていた。

となれば死体がどこぞで発見され、自身番に届けが出ているかもしれない、と判じ

たのだ。

小半刻（三十分）もしないうちに寝惚け眼《ねぼまなこ》で八木周助が用部屋へ現れた。

「火急の用とは？」

錬蔵の顔を見て眠気が覚めたのか八木が緊迫を漲《みなぎ》らせて問うてきた。

「実は……」

錬蔵が、溝口半四郎が火盗改メをしつこく尾行したため、

――どぶ鼠、目障り也

と怒りをかって捕らえられ、足腰もたたぬほどの半殺しの責めにあったこと、あげく簀巻きにされ、深川大番屋の表門の前に捨て置かれたことなどを事細やかに語ってきかせた。

「溝口が、そのような目に……」

話を聞き終えた八木が呻くようにいった。錬蔵を見つめて、つづけた。

「他人事《ひとごと》ではありませぬな。私めも、あのまま火盗改メの尾行をつづけていたら溝口と同じ目にあっていたはず。年若な小幡が、よき動きをしてくれました」

しみじみとした口調だった。

錬蔵が告げた。

「溝口には、しばらくの間、謹慎を命じた。あの傷だ。動けるようになるまでは数日を要するだろう。謹慎でも命じねば溝口の気性ゆえ、おのれの躰のことなど構わず何事か為そうとするに相違ない」

「溝口なら、必ず、そうするはず。火盗改メの役宅がわりに使っておられる長谷川さまの御屋敷のある菊川町は間近。折檻《せっかん》の意趣返し、と斬り込みかねませぬ」

しばしの沈黙があった。

錬蔵は口調を変えて、いった。

「その溝口の岡っ引きと手下をおぬしに預かってもらいたい。その旨《むね》、溝口には申しつけてある。異論など、いえた立場ではない。それでも何かあれば、おれが話をつける」

「溝口の岡っ引きたちを呼び出し、今夜から、ともに土橋界隈の取り締まりにあたらせる。そういうことでございますな」

「そうだ。手配り、速《すみ》やかにな。それと、手下のひとりに浮島一家を張り込ませろ。このこと、小幡にも命じてある。引き継ぎをしっかりやることだ」

「承知仕りました」

八木が大きく顎を引いた。

鎌蔵は仙台堀に沿って自身番をめぐって歩くことにした。上ノ橋を渡り、左へ曲がった。佐賀町の自身番からはじめて今川町、枝川に架かる松永橋を過ぎて永堀町、万年町とまわった。

さらに蛤町、冬木町、亀久町の自身番とめぐって、仙台堀と二十間川の境となる亀久橋となった。

まだ手がかりは見いだせなかった。

行く手には堀で仕切られた木置場が広がっていた。木置場は十数余にも及ぶだろうか。

鎌蔵は亀久橋を渡り、東平野町から十万坪まで足をのばすことにした。

十万坪は享保《きょうほう》八年（一七二三）、江戸の町人、近江屋庄兵衛《おうみやしょうべえ》と井籠屋万蔵《いごめやまんぞう》が開発を願い出て許され、集めた江戸中の塵芥《ちりあくた》を埋め立てて造成した新田で永代新田、海辺新田、千田新田の入会《い》いであった。亥の堀《ほり》川の東岸に石島《いしじま》町や末広《すえひろ》町がつらなり、さらにその東側に御三卿《ごさんきょう》のひとつ、一橋《ひとつばし》卿の下屋敷が豪壮な甍《いらか》を広げていた。

十万坪は一橋卿下屋敷の南に位置する角地で亥の堀川と二十間川に接していた。

木置場を左にみながら、錬蔵は歩みをすすめた。久永町と町の名はついているが川沿いに蔵屋敷が建ちならんでいるだけで人の住まう家屋は、ほとんど見あたらなかった。

この河岸沿いの道筋は材木を買い出しにやってくる材木商の他は、ほとんど往来する者もいない、さびしいところであった。近くの店まで七、八町（七五〇〜八六〇メートル）はあるという辺鄙《へんぴ》な一画で、毎朝来る行商の魚屋、八百屋、豆腐屋などから、あらかじめ買い揃えておかないと食物にも困る土地柄だった。

が、縦も横も川沿い、ということもあって木置場には最適の地といえた。

亥の堀川と二十間川が分岐するところに福永《ふくなが》橋が架かっている。

その福永橋の手前にある自身番に錬蔵は顔を出した。

板敷きに坐っていた店番《たなばん》のひとりが錬蔵の姿をみて腰を浮かせた。

「いましがた小者を深川大番屋へ走らせたところで。どこかで行き会いなさったので」

「いや。臨時の見廻りでな、ここまで足をのばしたのだ」

錬蔵の腰にさした緋房《ひふさ》の十手をみて、店番が目を見張った。

「与力の十手……」

しばし凝然と見つめて、はっ、とおもいあたり、いった。

「深川大番屋の御支配役さま直々《じきじき》のお出ましとは。これはご無礼いたしました」

あわてて上がり端まですすんで膝を折って坐り直した。

同心の用いる十手と与力のそれは形状が違う。店番はそれを見分けたのだった。

「大番屋へ小者を走らせた、と申したな。何か異変が起こったのか」

「はい。つい一刻（二時間）ほど前、福永橋のたもとに心中者の死体があがりました」

「心中者の死体、とな」

錬蔵の予測とは違っていた。佐平なら、骸《むくろ》はひとつのはずなのだ。

錬蔵の思惑とはかかわりなく店番は、ことばを継いだ。

「このとおりの人の少ない土地柄、人手不足のため、川からふたりの溺死体を引き上げたり、自身番へ運んだりで、おもわぬ時を費《つい》やしました」

「死骸はどこに？」

「土間の片隅に置いてありやす。筵《むしろ》をかけておきましたんで。意気地のない話ですが、どうもふたつの死体が、すぐそばにあるかとおもうと気味が悪くて」

と面目なさげに頭を下げた。

錬蔵は筵へ歩み寄った。

片膝をつき筵をめくった。

若い男と女だった。男は二十半《なか》ば、女は二十そこそこにみえた。それぞれの一方の手首、足首を縛り合っている。縛った縄に死んだ後も決して離れぬ、との悲痛なおもいが籠もっているように錬蔵には感じられた。

凝然と見据えたものの、ふたりの仏がどこの誰か錬蔵には見極めがつかなかった。

錬蔵はお美津の顔も、ましてや佐平の顔も知らなかった。

（どうしたものか）

錬蔵は、まず安次郎のことをおもい浮かべた。一緒にいる東吉ならふたりの顔を知っている。が、聞き込みにまわっているふたりにつなぎのとりようがなかった。

思案した錬蔵の脳裏にお紋の顔が浮かんだ。

小染なら少なくともお美津の顔は見知っている。

（どうしたらお紋に連絡をつけられるか？）

河水の藤右衛門のことが浮かんだ。つづいて政吉のことをおもいだした。

（政吉なら、お紋に確実につなぎがつけられる。お紋だったら小染を連れてくることができるはずだ）

錬蔵は店番を見返った。

「火急の使いだ。門前仲町に河水楼という茶屋がある。そこに政吉という若い衆がいる。政吉を呼び出し、深川大番屋の大滝錬蔵が芸者のお紋と小染に骸の顔あらためをしてもらいたいといっている。至急ふたりを探しだし、ここまで連れてきてもらいたい、とつたえるのだ」

「へい。門前仲町の河水楼の政吉。芸者のお紋と小染、ですね」

憶えるときの癖なのか、店番が指を折って数える仕草をしながら繰り返した。

「自身番の留守はおれがする。すぐに出かけるのだ」

錬蔵のことばに有無をいわせぬ厳しさがこもった。

「は。ただいま、すぐに」

店番は慌てて立ち上がり、土間の草履《ぞうり》へ足をのばした。

四

片膝をついて錬蔵は筵をめくった。

背後からのぞき込む小染が息を呑むのが気配でわかった。

「姐《ねえ》さん」

とお紋に抱きついたようだった。

筵をかけ、錬蔵が立ち上がって、問いかけた。

「お美津か」

小染が錬蔵を見つめて、応えた。

「お美津ちゃんと佐平さんです。まさか、心中するなんて」

涙を溢《あふ》れさせ、お紋に縋《すが》った。

「しっかりおし。これから、ふたりを引き取っていかなきゃならない。引取主は小染ちゃん、あんたなんだよ」

お紋が小染の肩を抱いた。きっちりと化粧し着飾った芸者のお座敷姿のふたりは、心中死体の横たわる自身番には、およそ似つかわしくないものだった。

お紋たちの傍らに政吉が立っていた。はじめて顔を合わせた時にみせた、厳しいものを躰全体から発している。

政吉は店番を道案内に、自身番までお紋や小染に付き添ってきたのだった。

店番から錬蔵の伝言を聞いた政吉は河水の藤右衛門にうかがいをたてた、という。

——大滝の旦那のご指示にしたがうんだ。用がすむまで務めは忘れていいよ話をきくなり藤右衛門は、そういい、政吉を送りだした。売れっ子の芸者のことである。お紋が呼ばれた座敷はすぐにわかった。その茶屋へゆくと、さいわい座敷には小染も呼ばれていた。

政吉はお紋と小染を手配した辻駕籠《かご》に乗せ、駆けつけたのだった。

「藤右衛門に借りが出来たな」

錬蔵がそういうと政吉が微かに笑みを浮かせていった。

「主人が申しておりました。大滝の旦那はきっと『借りが出来た』とおっしゃるに違いない。貸し借りはございません。大滝さまは河水楼の上得意。お得意さまの便宜《べんぎ》を計るは商人の務め、とつたえておいてくれ、と」

錬蔵は黙った。藤右衛門は、自分の筋道がはっきりしている男なのだろう。(どんなに親しくなっても決して一線は越えない、と心懸《が》けているのだ。その本音が奈辺にあるか、おれには到底読み取ることはできぬ)

それでもいいのではないか、と錬蔵はおもった。おのれのこころの動きさえ持て余している。他人のことなど知り得るはずがないのだ。

「政吉」

錬蔵の呼びかけに浅く腰を屈めた政吉が半歩前に出た。

「店番にいって荷車を手配してもらえ。ふたりを運ばねばならぬ」

横からお紋が口をはさんだ。

「あたしのとこへ運び込んでおくれ。人並みの弔《とむら》いを出してやるんだ」

錬蔵がお紋を見やった。お紋が手を合わせた。

「政吉、お美津たちをお紋の家に運び込む。手伝ってくれ」

「わかりやした」

錬蔵が店番に向き直った。

「聞いてのとおりだ。すまぬがおまえも手伝ってくれ」

「承知しました。自身番の留守を頼む者の心当たりもございます。荷車とともに手配りしてまいります。暫時お待ちください」

いそいそと自身番を出て行った。


お紋の家にお美津たちの死体を運び込んだあと、店番は、

「自身番に戻らねばなりませぬので」

と茶も呑まずに引き上げていった。

錬蔵たちは座敷に床を敷き、お美津と佐平を一緒に寝かせて、顔に白布をかけた。

一段落がついたとき、錬蔵が政吉に告げた。

「引き上げてくれ。後の手配りはお紋にまかせよう」

「そうさせていただきやす」

政吉は身軽く腰を浮かせた。

立って表戸まで政吉を送って出た錬蔵がともに見送ったお紋を振り向いて、いった。

「まわりたいところがあるでな。これで引き上げる。小染に気を落とさぬようつたえてくれ」

「万事まかしといておくんなさい」

ぽん、と軽く胸を叩いた。

錬蔵は置屋のさん崎屋にいた。安次郎と東吉の帰りを待っている。東吉が抱えている女たちは座敷へ出払っていた。留守を預かる老婆がいるだけだった。

入江町の時の鐘が四つ（午後十時）を告げて鳴り響いている。おそらく安次郎と東吉はあちこちの岡場所でお美津たちの行方をたどる聞き込みをつづけているのであろう。

町々の木戸は四つには閉まる。法度《はっと》では木戸には鍵をかけると決められていた。が、実のところ、鍵はかけられていなかった。鍵はかかっていないが通り抜けるには木戸番にいちいち断って開けてもらうのが慣わしであった。その煩わしさから逃れるために、ほとんどの遊客は四つ前に木戸を通れる刻限に遊里から引き上げていた。まだ遊び足りない者は泊まり込むことが多かった。

聞き込みをかけるにしても、客が泊まりになる刻限には茶屋の若い衆や遣り手《やて》婆らがなかに引っ込んでしまう。聞き込みのかけようがなくなるはずであった。

やがて、表戸が開く音がした。老婆が土間づたいに表へ走る足音が聞こえた。

老婆がつたえたのだろう、すぐに、

「旦那、何か起こったんですかい」

といいながら安次郎が錬蔵が待っている奥の座敷へ駆け込んできた。東吉がつづいて現れた。

錬蔵が告げた。

「お美津と佐平が心中したぜ」

「心中」

安次郎が驚愕して叫んだ。悲鳴に似ていた。

ほとんど同時に東吉が声を荒らげた。

「畜生め。佐平の奴、お美津を隠してやがったんだ。もう逃げ切れないと追い詰められて心中したんだ」

大きく舌打ちしてつづけた。

「お美津には半端《はんぱ》じゃねえ銭がかかってるんだ。大損しちまったぜ」

錬蔵は東吉をじっと見据えていた。その視線を察して東吉が振り向いた。

「旦那、あっしのいうこと、おかしいですかい。女たちに躰を売らせて、その上がりをいただくのがあっしの商いだ。岡場所での稼ぎ、法度に触れているのは承知の上のこった。けどよ、この深川じゃ、みんな法度にはずれた商いをしているんでござんすよ。それで三度のおまんまをいただいてるんだ。命をつないでいるんだよ」

錬蔵は、黙って東吉を見つめている。

しばしの間があった。

にやり、としていった。

「東吉、おめえの商売熱心はよくわかったよ。ただな」

錬蔵は、そこでことばを切った。

「お美津と佐平は死んだんだ。商いも大事だが、弔うこころのひとつぐらい見せてもいいんじゃねえのかい」

「そいつは……」

東吉が口を尖《とが》らせた。安次郎が横合いから、いった。

「で、お美津たちの骸は、いま、どこに」

「芸者のお紋の住まいだ。どうしてもふたりの死骸を引き取りたいとお紋がいうんでな。許した。小染も一緒だ」

「ふたりの死体はどこに上がったんで」

東吉が問いかけた。

「上がった？　おれはふたりが心中したとはいったがどこぞの堀川に浮かんだ、とは一言もいってねえぜ」

錬蔵が目を細めた。

「いえ。そうは聞いてねえが、ここは堀川が入り組んだ深川ですぜ。心中と聞かされりゃ川に浮かんだと考えるのは当たり前じゃありませんか」

「そうか。当たり前か。そうかもしれぬな」

錬蔵が、にやりとした。

「旦那、厭《いや》ですよ。痛くもない腹を探られちゃ迷惑ってもんですぜ」

東吉が困惑を露《あら》わに首を竦《すく》めた。

「見廻りをなさってたんですね、旦那は」

安次郎のことばにうなずいた錬蔵が、

「久永町は福永橋近くの自身番でふたりの骸に出くわした。おれはお美津の顔も、佐平の顔も知らねえ。で、河水楼へ店番を走らせ、政吉に頼んでお紋、小染を連れてきてもらった。小染ならお美津のことはわかるとおもってな」

「そうですかい。それで、お美津とわかったんで」

わずかの間があった。

安次郎が顔を上げて、つづけた。

「お美津たちに線香のひとつもあげてやりてえ。旦那、お紋の住まいは入船町、汐見橋を渡ってすぐの木置場の近くだ。ここから、そう遠くはねえ」

そういって腰を浮かせた。

ふたつの新仏《にいぼとけ》の枕元に坐り線香をあげた安次郎は東吉が祈り終えるのを待って、

「夜の深い時分だ。もう少しいたい気もするが、これで引き上げさせてもらうぜ」

と腰を上げた。

東吉もつづいた。

「おれも、帰らせてもらう」

錬蔵が大刀を手に取った。


表へ出たところで錬蔵が安次郎に告げた。

「まだ手がかりがみつからねえようだが、このまま東吉のところに泊まり込んで一緒に聞き込みをつづけてくれ。おれがちょくちょく顔を出すから、探索の結果は、そのとき聞かせてくれればいい」

「わかりやした」

東吉に向き直って、いった。

「悪いが、もう少しつきあってくれ。人手が足りなくてな。頼むぜ」

「そりゃ、もう。とことん付き合わせてもらいますよ」

愛想のいい笑みを浮かべ、東吉が腰を屈めて揉《も》み手をした。

五

錬蔵の脳裏から川沿いにつらなる久永町の景色が消えなかった。

二十間川の向こうには木置場が広大な池ともみえる掘割に浮島のように点在していた。

安次郎が二世《にせ》を契《ちぎ》ったお夕が、見張りとおもわれる男が操る小船に乗せられ仙台堀をいずこかへ漕《こ》ぎ去っていったのを東吉が見ている。

行方《ゆくえ》知れずになっていたお美津がいい仲だった佐平と心中死体で見つかったのが福永橋のたもとであった。仙台堀は亀久橋を境に二十間川と名を変える。

「二十間川か……」

口に出したことで錬蔵のこころが決まった。

（明日、もう一度、久永町界隈を見廻ってみるか）

深更、寝静まった深川大番屋の用部屋で、錬蔵は、八木周助から届けられていた調べ書に手をのばした。

翌朝、小幡と松倉が調べ書を届けに来た。錬蔵は調べ書に目を通したあと、問うた。

「とくに異変はなかったようだな」

「浮島一家の永五郎と申す者が深更九つ（午前十二時）に一家へ顔を出し、そのまま出てこなかった、と八木殿から引き継ぎがありました。時刻が時刻ゆえ、何らかの理由があって一家に泊まり込んだのではないかとおもい、調べ書には書き込みませんでしたが」

錬蔵は永五郎の顔を思い浮かべた。東吉とは稼業をこえた親しいつきあいをしているようにみえた。

「永五郎が、つねづね一家に泊まり込んでいるとはおもえぬ。浮島一家に何事か起きたのではないのか」

錬蔵が問いを重ねた。

松倉が首をかしげた。小幡の顔を見る。小幡が応えた。

「そのような知らせは受けておりませぬが張り込みをはじめて間もないため、常日頃の細かい様子はさだかにはわかりませぬ」

「そうであったな」

錬蔵は黙った。いままで岡っ引きと手下まかせで、ろくな探索はしていなかったのだ。無理もないことであった。

「時が過ぎる。土橋へ出かけてくれ」

錬蔵が告げた。

風光明媚なところ、と江戸の粋人たちの評判をとる、朝の柔らかな陽差しに映えた木場の風景は錬蔵の足を、おもわず止めさせたほどの美しさだった。

広大な堀にさざ波が立っていた。ふりそそぐ陽光を浴びて煌《きら》めきを競い合い、揺れている。木置場をつなぐ橋々の列《つら》なりと建ちならぶ町家を、白い雲の漂う澄み渡った空がおおっていた。青い色に染まった空の手前に、鮮やかな緑を誇って浮きあがる、洲崎の土手道に立つ松が垣間見えた。

錬蔵は視線を戻した。行く手に大栄橋が見える。大栄橋の手前を右手にいくと福永橋、左に崎川橋が架かっている。三つの橋が福永橋を中心に左右に広がっていた。

ふたつの死体は福永橋のたもとあたりに打ちあげられていたと店番はいっていた。十字に交差する川の流れが架けられた橋の橋桁《はしげた》に何らかの影響を受け、渦巻くようなかたちとなって死体を土手に打ち寄せたのかもしれない。

錬蔵のなかで、さまざまな推測が浮かび上がり、交錯し、混濁して消えた。

蔵とも見紛《まが》う木置場が高岡橋から福永橋までつらなっている。青海橋の手前に立つ錬蔵には、左右に視線を流せば通りに面した建物はすべて見渡せた。

ゆっくりと移していく錬蔵の視線が止められた。

建物の壁に丸で囲んだ奈の字が黒く浮き立つように描かれていた。

（奈……奈良屋の記号か）

錬蔵はお紋のことばを思い起こしていた。

――材木問屋の奈良屋さん、物産問屋の美濃屋さんが五島屋の旦那と一緒でした
五島屋には抜け荷の品を扱っているのではないか、との疑惑があった。五島屋と物産問屋の美濃屋は、五島屋が廻船にかかわっていることをのぞけば、ともに物産を扱う同業ともいえた。

たがいに品物を融通しあう同業の者どうしが気があって岡場所遊びをする。色里で知り合った奈良屋がくわわり、酒宴をもつ。あり得ないことではなかった。

（それであのときは気にならなかったのだ）

錬蔵は、再び奈良屋の記号を見上げた。

暖簾や看板に屋号や記号を入れるのは寛永の頃（一六二四～四四）から始まったと

いわれている。江戸の文化が華美を極めた五代将軍綱吉の治世の元禄年間（一六八八～一七〇四）から宝永《ほうえい》（一七〇四～一一）にかけて看板などに屋号や記号を派手に書き入れることが大いに流行《はや》った。

『守貞漫稿《もりさだまんこう》』に、

「暖簾は、訓《よみ》のれんなり。専《もっぱ》ら木綿製なり。また地紺、記号および屋号等を白く染め抜くなり」

と記されている。

突然……。

錬蔵のなかに浮いた疑念があった。

（あの簪は奈良屋が商っているものではないのか）

というものだった。

五島屋が、

――南蛮渡りの簪のこと、だれかに喋ったのではないのか

と疑いを抱き、お紋を座敷に呼んで、さりげなく聞きだそうとしたとき、奈良屋と美濃屋が同席していたのは決して偶然ではなかった、と仮定したら、どうなるか。

（三人が相談して、お紋を呼んだ。もし、そうだとしたら……）

錬蔵は、五島屋と美濃屋と奈良屋の三人が持ち合う秘密が存在するに違いない、と推断した。

奈良屋が買いつけた木材を運ぶのにどこの船主の持ち船を使っているのか、調べる必要があった。御船手方の同心の佐々木礼助の一見、生真面目そうな、それでいて、どこかとぼけた顔つきが浮かんだ。船舶の出入りを記した覚え書にすべて記してある。佐々木を訪ねれば、すぐにもわかることであった。

と……。

物音が響いた。

目をやると奈良屋の木塀の一画にある両開きの戸の脇の潜り戸が開き、なかから数人の男が現れた。丸のなかに奈の字が染め抜かれた印半纏《しるしばんてん》を着ている。談笑しながら表戸の前に設けられた荷揚場に接した船着場へ向かって歩いていく。船着場には一艘の小船が繋いであった。

出てきたときには気づかなかったが小船に乗り込むときに見えた横顔に憶えがあった。

浮島一家の永五郎だった。

さいわい川辺に立つ柳の蔭になったのか永五郎は錬蔵に気づいていないようだった。

なぜ永五郎が奈良屋の半纏を着ているのか錬蔵には、咄嗟《とっさ》にはわかりかねた。遠ざかる小船を凝然と見つめる錬蔵に背後から声がかかった。やっと聞き分けられるほどの小さな声だった。

「大滝の旦那」

聞き覚えはあるが、誰のものか判じかねた。敵意は感じられなかった。錬蔵はゆっくりと振り向いた。

奈良屋の木塀が切れたあたりから政吉が現れ、浅く腰を屈めた。歩み寄ってきていった。

「浮島一家は口入れ稼業もやってますんで」

「奈良屋へも働き手を世話してるってことかい」

錬蔵が応えた。

「へい」

「どうしてここにいる」

「お美津が心中死体で上がったと主人に知らせましたところ、しばらく黙っておりやしたが『拐かされた女たちがどこに閉じこめられているか、あたりをつけたほうがよさそうだな』と言い出しやして」

「それで、またぞろ足を棒にしなきゃならねえ探索役の貧乏籤《くじ》を引かされたってわけか」

「てまえの主人はちっとも休ませてくれません。年中扱《こ》き使われている始末で」

ことばとは裏腹、楽しげな笑みを浮かべた。

「調べ事が嫌いではないようだな」

「噂話や秘め事に聞き耳を立てるのが大好きな質《たち》でして。根っから卑《いや》しいのかもしれやせん」

「おれも似たようなものさ。探索事が嫌いではない」

錬蔵が薄く笑って、つづけた。

「で、女たちの隠し場所がどこか、あたりはついたかい」

「今日調べ始めたばかりですぜ。あたりの、あの字もみえませんや」

「なぜ、ここへ足をのばした？」

「旦那は、なぜ、ここに」

「勘、というやつかな」

「あっしは、他のところは、どこもおもいつかなかったっていうのが正直なところで」

「永五郎を見かけて、後をつけたのはなぜだ」

「印半纏でさ。口入れ屋がなぜ得意先の印半纏を着ているのか、わけがわからねえ。浮島一家の永五郎だと気づかれたくねえ、としかおもえねえ。永五郎はやくざ者だ。やくざは男を売る稼業ですぜ。それが正体を隠しているとしかおもえねえ格好《かっこう》をする。どうにも筋が通らねえ」

　と首をかしげた。

「探索の狙いは同じだ。手分けしてすすめるとするかい」

「そのほうが何かとはかどるとおもいやす」

「おれはここから河岸沿いに左回りに久永町から島崎町、扇町へとまわり小名木川沿いに海辺大工町の切れたあたりを折れる」

「それではあっしは右へまわって吉永町から吉岡橋を渡り山本町、西水町へと抜けていきます」

「出会ったところで探索の結果を知らせ合う。それでいいかい」

「包み隠さず、といきやしょう」

「河水の藤右衛門に怒られるかもしれぬぞ」

「旦那の口を、しっかりと閉ざしてもらえば、その心配はありませんや」

政吉が、にやり、とした。

錬蔵も笑みを返す。

ふたりはたがいに背を向け、歩き始めた。

その日は、奈良屋の木置場から、なぜか奈良屋の半纏を着た永五郎が出てきたこと以外、何ひとつ気にかかることはなかった。

どの材木問屋の木置場も女たちの隠し場所には十分すぎるくらいの広さを有していた。

「忍び込んで中の様子をあらためる。外から眺めるだけじゃ何一つ、わかりませんね」

出会ったところで政吉がいった。

錬蔵は、無言でうなずいた。

すでに陽は西に傾いていた。ほどなく日が落ちる頃合いであった。

錬蔵は、

「今日は探索を打ち切る」

と決めた。

かすは荒松一家にいた。

「銭がない。用心棒代を稼がせろ。何かと役に立ったこともあるだろう。此度《こたび》は面倒をみろ」

と泊まり込んだ。帰れないときに備えて、子供たちのことはあらかじめ長屋の隣りに住む鋳掛《いかけ》屋の老夫婦に頼んである。正直に生きることだけを心がけているふたりであった。まず子供たちを粗略に扱う心配はなかった。

泊まり込んだのにはわけがあった。荒松一家の奥の座敷に客人がいた。一家の兄貴分は出入りできるが、

——名はあかせねえが、お忍びでいらっしゃった大親分だ。粗相《そそう》があっちゃならねえ
との、親分の荒松の治助《じすけ》の言いつけで他の子分たちは奥へは入れなかった。

かすはその男が何者か、突き止めたかった。虎視眈々《こしたんたん》と奥へ入る機会をうかがったが、警戒が厳重で無為に時が過ぎ去っていた。

この日の夕方、代貸の文次《もんじ》が声をかけてきた。

「今夜、客人との酒宴を持つことになった。一家の者たちだけでやろうということになったんで悪いが引き取ってくれねえかい。これは用心棒代だ。少ねえが、これで勘弁してくれ」

と一分金を巾着《きんちゃく》から取り出して、渡した。

「すまねえな。これで食いつなげるぜ」

押し頂くようにして一分金を受け取った。

かすは荒松一家に居座る理由を見いだせなかった。すごすごと引き上げざるを得なかった。

張り込もうとしたが荒松一家の表には縁台が持ち出され、子分たちが将棋を始めた。見張り役であるのはあきらかだった。

近くで張り込むことをあきらめた。見張る場所を求めて、歩きつづけた。

五章　愛憎丁半《ちようはん》

一

荒松一家の表戸は西念寺《さいねんじ》横丁の通りに、裏側と脇の一方は隣家に接しており、残る一方は通り抜けられる細い露地に面していた。露地側に裏口があり、左右二方向へ出られた。

かすは、一方の露地口へまわった。少し入ったところに細い縁台を出し荒松一家の若い衆がふたり、将棋をしていた。反対側の露地口のほうにも小さな縁台が出ていて、やはり若い衆ふたりが坐っていた。表戸の脇にも縁台が置かれ、若い衆たちが将棋をしていた。

あきらかに見張りをしている。そうとしかおもえなかった。荒松一家の若い衆が縁台を持ち出して外で将棋をしたり、一休みしていることは、よくある。が、出入りできる三ヵ所に縁台が出て、それぞれに若い衆が坐っていることは、かつてなかった。

荒松一家の警戒ぶりは尋常ではなかった。

（喧嘩《でいり》でもあるのかもしれない）

殴り込みに備えている、とおもえないこともなかった。

深川には、あちこちにやくざの一家がある。そんな一家のいくつかにあたれば、喧嘩が起きそうか、そうでないかはわかるはずであった。やくざ者たちは他の一家の縄張りを、機あらば我が物にしようと虎視眈々《こしたんたん》と狙っている。近場の一家の噂話には神経を尖《とが》らせているものだった。

どの一家にまわるか、と首をかしげたとき、かすの顔に緊迫が走った。慌てて、町家の蔭へ身を置いた。

露地口から文次が出てきたのだ。

文次は左右に視線を走らせ、見知った顔がないのをあらためると歩きはじめた。文次は代貸である。裏口から出てくることは、つねでは考えられぬことだった。代貸なら代貸らしく供のふたりでも連れ、表戸から堂々と出て、男伊達《だて》の風をおもいっきり吹かせながら町をゆく。それが男を売る、やくざ者のやり方であった。が、文次はひとりの供も連れていなかった。しかも、裏口から出かけている。人目を避けているとしかおもえぬ文次の動きであった。

（何かある）

そう推測した。

文次の様子からみて、気づかれていないようだった。前を見据えて、身を潜めた町家の前を通りすぎていく。かすは、ぐるりを見渡した。荒松一家の者の姿がないことをたしかめ、懐手をしてゆっくりと歩きだした。

文次は十五間川沿いに歩いていく。永木堀を堀沿いに左へ曲がった。永木堀の向こうに永代寺がみえる。甍《いらか》が夕日を浴びて赤く染まっていた。

文次はかなり急いでいるらしく脇目もふらずにすすんでいく。永代寺の山門前を過ぎ、富岡八幡宮にさしかかった。

文次は足を止めることなく左へ折れ、神橋を渡った。境内へ入っていく。

かすは舌を鳴らしたくなった。すでに神詣でをする刻限ではない。参詣客の姿もほとんどなかった。しかも富岡八幡宮の境内に入る道筋は神橋を渡るしかなかった。このまま入っていけば尾行に気づかれるおそれがあった。

が、躊躇《ちゆうちよ》する遑《いとま》はなかった。

（見つかったら、それはそれで仕方のないこと。何とか言い抜けるしかない）

腹をくくった。ぶらぶらとそぞろ歩きでもしている風を装い、神橋を渡った。が、その目は前をゆく文次の一挙手一投足をも見逃すまいとまっすぐに据えられていた。

文次は枝という枝に無数の御神籤《おみくじ》が結びつけられた横並びの数本の木の前に立ち、一本一本をのぞき込んでいる。動きからみて何か捜し物をしているようにおもえた。

さいわい、背中を向けたままだった。

かすは身軽な所作で身近な木陰に身を隠した。

凝然と見つめる。

文次は一番端の木の前で止まった。顔を上げて見まわした。見ている者がいないとみてとったのか、懐から二つ折りした一枚の紙片を取りだした。細かく折る。その紙を御神籤が結びつけられている木に結わえつけた。今度は振り向いて、ゆっくりとあたりを見渡した。

木陰に身を置いたまま、瞬き一つせず文次を見つめていた。誰かにつなぎをとるために御神籤にみせかけた書付を木に結わえつけたのはあきらかだった。

ことさらに秘密めいた文次の動きだった。

文次が立ち去っていく。

飛び出していって書付を読みたい、との衝動にかられた。が、そうするわけにはい

かなかった。誰ぞにつなぎをとるための書付だとしたら、必ず、受け取る誰かがこの場に現れるはずであった。かすは、

（待つ）

と決めた。

鳥が群れをなして西へ飛んでいく。行く手には沈んでいく赤い夕日があった。茜色だった空が次第に黒みがかった紫に変わり、やがて濃い紺に覆《おお》われていった。書付が結びつけられた木は、潜んでいるところからは、さだかには見えなくなっていた。

（近くへ身を移すか……）

木の蔭から立ち上がろうとしたそのとき、神橋を渡ってくる男の姿が目に入った。あわてて身を隠した。

男の顔に見覚えがあった。

（永五郎？）

浮島一家と荒松一家は表だって争い事を構える、ということはなかったが、そこは、それぞれ一家を構えるやくざどものこと、親しいとは、決していえなかった。

かすは、永五郎はつなぎの相手ではない、と推量した。

が、次の瞬間……。

おのれの推測が大きくはずれたことを思い知らされた。

永五郎はまっすぐに御神籤を結んだ木の方へ歩いていった。一番端の木に歩み寄り、御神籤をあらためだした。

やがて、印でもつけてあったのか、そのうちの一枚を枝から取り外した。

手にした一枚の紙切れのあった場所こそ文次が書付を結わえつけた枝であった。

永五郎は紙切れを開いて、読んでいる。その動きこそ、永五郎が文次のつなぎの相手である証《あかし》であった。

息を詰めて、永五郎を見つめた。

読み終わった永五郎は書付を二つに折って懐に入れた。周囲を見渡し、ゆっくりと歩きだした。

ゆっくりと木の蔭から足を踏み出した。あたりは後を尾けるにはぴったりの夕闇に包まれていた。永五郎は神橋を渡りきったところであった。かすはゆったりとした足取りで歩きはじめた。

永五郎は、どこに立ち寄ることもなく摩利支天横丁の浮島一家に入っていった。見届けたかすのなかで、さまざまな憶測が駆けめぐっていた。そのなかで、次第にかたちを為していくひとつの推察があった。

(ひょっとしたら浮島一家は、この深川で暗躍する逃がし屋とつながっているのかもしれない。だとすれば……)

さらにひとつの思案が弾けた。

(荒松一家の奥座敷にいる客人とは、火盗改メが追い込んだ大盗人の不知火の徳蔵ではないのか)

不知火の徳蔵となれば、ひとりで相手にするには大物すぎた。

文次のことばをおもいだした。

——今夜、客人との酒宴をもつことになったたしかにそういったのだ。

「今夜……」

おもわず口に出していた。

(時間《とき》がない。急ぎ御支配にお知らせせねば。しくじりは許されぬ)

踵《きびす》を返した。

やがて早足となり、気がせくのか、まもなく駆け足となった。

走りながら、

（御支配が大番屋にいられるかどうか。何卒いてくだされ。時間《とき》が、時間がないのだ）

そう願いつづけていた。

洲崎弁天の鳥居が黒い影を落としている。すでに陽は落ちていた。

安次郎と東吉は平野川に架かる江島橋のたもとの河岸道にいた。この日も行方知れずになった女数人の名や消息を断った前後の話が聞けただけで、さしたる手がかりは得られなかった。

点在する木置場がさながら浮島のようにみえる。

先をゆく東吉が足を止めた。振り返る。安次郎も、つられて止まった。

「安次郎さん、今夜一晩、あっしの気儘《きまま》にさせてくれねえかな」

「そいつは」

「いえね。浮島一家の永五郎さんが、何かとうるせえのよ」

「何か諍《いさか》い事でも起こったのかい」

安次郎が心配そうな声を出した。

「そんなことじゃねえんだ」

東吉が顔の前で手を左右に振った。

「永五郎さんから、たまには馳走にあずかりたい、と謎かけの言い置きがあってね。なんせ相手はやくざ者だ。いまは良くとも風の吹きようで、どう変わるかわからねえ。世話にもなってるし、日頃から気をつかっておかねえと、後々面倒なことになっちゃたまらねえからね」

大きな溜め息をついて、つづけた。

「ほんとのところは、聞き込みの毎日で疲れきってるのさ。永五郎さんの酒の相手をするより一寝入りしたいのはやまやまなんだが、そうもいかねえのが浮世の辛いとこだ」

「すまねえな。けどよ。無理を承知で手伝ってもらっているこった。もう少しつきあってくれ」

「そんなこといってるんじゃねえんだよ。ただな、今夜は」

「わかっているよ。今夜は、疲れてるだろうが永五郎さんのご機嫌を取り結んでくるのが一番さ。明日から、また頼まあ」

安次郎が浅く頭を下げた。

東吉が、かえって狼狽《ろうばい》した。

「頭を下げるのはよしにしねえ。おたがい、気心の知れた同士だ。無理を言い合うのに遠慮はいらねえよ。それより、これからどうするね」

「もう少し聞き込みにまわって帰るよ」

「明け方近くまで呑むことになるかもしれねえ。先に寝ててくんな」

「呑みすぎねえようにな」

「わかったよ」

微笑んだ東吉が踵を返した。安次郎は、そのまま見送っていた。東吉の姿が闇に紛れて、消えた。

安次郎は江島橋に向かって足を踏み出した。

二

錬蔵が鞘番所へ戻り用部屋の机の前に坐ったとき、廊下を走り寄る足音が聞こえた。

「御支配」

廊下から声がかかった。

「申せ」

戸襖を開けて、小者が告げた。

「かす、と名乗る浪人が火急のこと、御支配に取り次いでくれ、とまいっておりますが」

「おれの手先を務める者だ。通せ」

「直ちに」

一礼し、走り去っていった。

「動いたか、荒松一家が」

錬蔵はつぶやき、中天を見据えた。火急の知らせがどんなものか予測もつかなかった。ただ、

——書付での知らせのみ

と決めておいたかすが駆けつけてきたのだ。

——大事が発生した

ことだけは推断できた。錬蔵は、顔を出すのを待った。わずかな間だったが錬蔵には、かなりの時間《とき》が過ぎ去ったかのように感じられた。

「踏み込もう」

話を聞き終えるなり、錬蔵は即座にそう言い放った。

「踏み込む？　荒松一家の奥座敷にいる親分が不知火の徳蔵かどうか、たしかめてお
りませぬ。もしかして私めの思い込みかもしれませぬ」

かすが不安げに応えた。

「思い込みでもいいではないか」

「は？」

「我らは北町奉行所の役人だぞ。疑わしきはあらためる。何もなければ、それもよ
し。疑惑あるものを、そのまま放っておくわけにはいかぬ」

立ち上がった。刀架に架けた大刀を手にして告げた。

「これより出役の手配に入る。おぬしは加わらなくともよい」

「それは何故《なにゆえ》……」

錬蔵の命に顔が歪んだ。

「まだ隠密の役向きを務めてもらいたいのよ。荒松一家に不知火の徳蔵がひそんでい
るかどうか、わからぬではないか。いま、正体をさらしたら、悪の懐へ飛び込んでの

探索ができなくなる」

「それでは遠巻きにて警戒し、捕物の網の目をかいくぐって逃げ出した者の処断にあたりまする」

「それも無用。いまは、あくまで隠密の役向きに徹することだ。まずは浮島一家の永五郎を見張ってくれ」

「承知仕った」

「裏門から出ろ。目立たぬようにな」

「はい」

かすは大きく顎を引いた。

錬蔵は同心詰所へ急いだ。庭を横切ろうとしたとき、土橋の警戒からもどってきた小幡欣作と松倉孫兵衛が表門から入ってきた。

「出役する」

顔を見るなり、錬蔵が声をかけた。

「出役、でござるか」

松倉が呆気にとられた顔つきとなった。

「何処《いずこ》へ」

小幡が問いかけてきた。

「荒松一家よ」

「荒松一家。子分が二十人はおりますぞ。我らは八木を入れても四人。手下を総動員しても十数人。北町奉行所へ人を走らせ、応援を頼んだほうがよいのでは」

松倉が不安げな声を出した。

「それでは間に合わぬ。おれがはなっておいた手先からの知らせでは、今夜にも、獲物がこの深川から逃げ去るおそれがある」

小幡が問いかけた。

「獲物とは？」

不敵な笑みを浮かせて錬蔵がいった。

「おそらく不知火の徳蔵」

「不知火の徳蔵ですと」

小幡が気色ばんだ。

「不知火の徳蔵となると我らだけで仕留めるべきでござろうな。火盗改メの鼻を明かすよき折りでござる」

松倉が気迫を漲《みなぎ》らせた。日頃の温顔は欠片《かけら》も見えなかった。

「出役するぞ」

錬蔵が行きかけたとき、背後で声が上がった。

「私も、私めも供に加えてくださいませ」

振り返ると身支度をととのえた溝口半四郎が立っていた。

顔にはまだ青黒く痣が残っていた。

錬蔵は無言で見据えた。覚悟のほどを見定めるような、鋭い眼光であった。

「なにとぞ、なにとぞ出役にお加えください。武士の情け、なにとぞ、お供に」

突然、溝口が膝を折り、土下座をした。地面に額を擦《こす》りつけんばかりに深々と頭を垂れた。

「武士の情けを、おかけくだされ」

錬蔵は黙然と見つめたままであった。小幡と松倉が溝口半四郎を見つめ、錬蔵に縋《すが》るような視線を移した。

錬蔵が溝口に目を据えたままいった。

「躰は動くか」

溝口が顔を上げた。錬蔵を見つめる。その目に必死なものが宿っていた。

「動きまする」

「刃物三昧《ざんまい》、命のやりとりをすることになるぞ」

「鍛え抜いた神明一刀流の剣、役立てるには、またとない機会」

錬蔵が、うむ、とうなずいた。鋭く言い放った。

「出役、許す。存分に働け」

「は。この命ある限り」

溝口が再度、深々と頭を下げた。


土橋の警戒にあたっていた八木周助と合流した錬蔵率いる深川鞘番所の一隊は、馬場通りを一の鳥居に向かって歩をすすめた。

錬蔵は羽織を羽織り、袴の股立ちをとっていた。動きやすい出で立ちといえた。つづく松倉孫兵衛ら同心たち、岡っ引きと手下たちは警戒にあたっていたときの物々しい格好のままであった。

隊列を組んですすむ錬蔵たちの有り様は誰がみても捕物の出役とおもえた。

遊女たちを冷やかしたり、茶屋の格子ごしに見世《みせ》のなかをのぞき込んだりして、ぶらぶらと遊興気分に浸《ひた》っていた男たちの顔が凍りつき、あわてて左右に割れて道をあけた。

茶屋や局《つぼね》見世の男衆や遣り手婆、客の袖を引いていた娼妓たちも、あわてて店のなかへ引っ込んだ。手入れ、と勘違いしてか、あわてて店の大戸を閉めにかかる茶屋の男衆もいた。

そんな混乱のさなかでも錬蔵は見逃してはいなかった。おそらく見廻っていたのであろう。ふたりの火盗改メの片割れが血相変えて、いずこかへ走り去っていった。

「深川大番屋の者どもが隊列を組んで、馬場通りをすすんでいる。出役に違いない」

と、深川のどこぞで警戒にあたっている進藤与一郎あたりに知らせにゆくに相違なかった。

さらにもう一組、錬蔵の目をかすめた者たちがいた。河水楼の富造と政吉である。まずは政吉が血相変えて駆けだしていった。河水の藤右衛門のところへ向かったのはあきらかだった。富造が歩調をゆるめた。おそらく隊列の後ろへまわり、錬蔵らがいずこへ向かうのか突き止めるべく尾けてきているはずであった。

不意を打ち、斬り込むことが狙いの出役である。隠密裡《り》に行動するのが当然といえた。

が、錬蔵は、あえて、

——これから出役するのだぞ

と目立つように振る舞った。

錬蔵には、三つの狙いがあった。堂々とすすみ、踏み込んで見込み通り不知火の徳蔵を捕らえるなり仕留めるなりしたときは、深川大番屋の功名は、いやが応でも高まるに相違なかった。このことは深川に巣くう悪人共に深川鞘番所にたいする大いなる恐れを植えつけることになる、と考えていた。

そのためには、

——手向かう者は情け容赦なく斬る

と錬蔵は決めていた。このことは小幡欣作ら配下の同心たちにも厳しく言いつけてあった。

——今度来た深川鞘番所の御支配は情け無用の恐ろしいお人

と思わせることで悪人共の動きが少しでも封じ込めるのではないか、と推断していた。

ふたつめの狙いは火盗改メである。頭領の長谷川平蔵はともかく、功を焦った火盗改メの者たちが、

——助太刀いたす

と理由をつけ、捕物の修羅場に加わって手柄を分け合うかたちをとろう、と動く恐れもあった。もともと不知火の徳蔵は火盗改メが深川へ追い込んだ盗人である。

――手柄の横取り

とおもわれても仕方のない成り行きでもあった。

錬蔵はわざと人目につく出役のかたちをとることで、

――深川大番屋の手柄

と世間におもわせ、逆に火盗改メには、

――遅れをとったはあきらか。この上は潔く手柄をあきらめるが得策。下手に手出しをすれば世間から『火盗改メが手柄欲しさに無理矢理、加勢の押し売りをした』と笑われる

とあきらめさせ、その動きを封じ込めることができる、と計っていた。

三つめは河水の藤右衛門である。錬蔵は藤右衛門が鞘番所にたいして、どういう立場をとるかを見極めたかった。

――敵にまわることはあるまい

と錬蔵はふんでいた。

そのことは何か事が起こったときにしか、たしかめようがなかった。

――此度《こたび》の出役は、そのよき機会と判じたのだった。

錬蔵たちは騒然とした周囲の様相とは、まったく無縁の者たちであった。ただ前を見据え、黙々と歩をすすめていった。


河水の藤右衛門は帳場の奥の座敷の長火鉢の前に坐していた。

政吉の知らせを聞くなり、間髪《かんはつ》を入れず告げた。

「集められるだけの男衆を引き連れて道を遮るんだ。深川に遊びに来られたお客さまに万一のことがあっちゃいけねえ。騒ぎに巻き込まれないようにせいぜい遠巻きにするところまで、それ以上は近づけないように仕切るんだ。いいか、お客さまにひとりの怪我人もだしちゃならねえぞ。どんなことがあってもお客さまの身は守る。それが深川の岡場所で商いをする男たちの真骨頂だぜ」

「すぐ手配りいたしやす」

政吉が裾を蹴立てて立ち上がった。


進藤与一郎は本所菊川町の長谷川平蔵の私邸を兼ねた役宅にいた。

平蔵と向後の捕物の段取りについて話し合っている。そこへ同心のひとりが駆けつけてきたのだった。

息せき切った同心の話をきくなり、

「人目につきやすい隊列を組んで向かったのだ。行く先はさほど遠くではあるまい。いまからでは間に合わぬ。せいぜい遠巻きにして捕物の網の目から零《こぼ》れて逃げおおせた悪党を捕らえ深川大番屋へ引き渡してやるが、われらには得。さすが火盗改メ、追い込んだ獲物を横取りされても、その相手の手助けをしてやるとは度量が大きい、と世間の評判を呼ぶやもしれぬぞ」

平蔵は即座にそういい、呵々《かか》と笑って、つづけた。

「進藤、手配りしろ。わしもいく。ただし、いつもの深編笠の忍び姿でな。無法者揃いの深川での捕物は隣り町の本所育ちのおれにも手に余る。新任の深川大番屋支配の捕物出役の捌《さば》きぶり、話の種にみておきたいでな」

錬蔵は荒松一家の表戸の前に立った。小幡欣作と溝口半四郎、ふたりの配下たちを引き連れている。すでに松倉孫兵衛と八木周助、率いる手下たちは裏口に面した露地の、通りぬけられる二方の配備についていた。

縁台に坐って、見張り役をつとめていた荒松一家の子分たちはものものしい錬蔵らの様子に驚き、なかへ駆け込んでいた。

錬蔵が、二枚の表戸の左右に立つ手下ふたりに顎をしゃくった。

うなずいた手下が表戸二枚を大きく開き、斜め後ろへ飛んで逃げた。不意に斬りかられたときに備えての動きであった。

錬蔵が荒松一家の土間に足を踏み入れた。小幡たちがつづいた。

上がり端に子分の注進に色めきたった荒松一家のやくざたちが手に手に長脇差を持って居並んでいた。代貸の文次が一歩前へ出て、いった。

「これは深川大番屋の旦那方、いったい何の御用ですかい」

錬蔵が告げた。

「御用あらためである。奥へ通る」

「通さねえ、といったら、どうなさるね」

文次が長脇差の柄に手をかけた。子分たちも柄を握った。

「容赦はせぬ」

錬蔵が刀の鯉口を切った。溝口たちも、それにならった。

「いい度胸だ。この深川で役人風を吹かすことができると勘違いしてるんじゃねえのか。わからせてやるぜ」

文次が長脇差を抜きはなった瞬間、一歩錬蔵が踏み込んだ。刀が閃光を発して鞘《さや》走った。まさしく目にも見えぬ早業《はやわざ》であった。

文次は脇腹から胴を大きく切り裂かれ、血を噴き散らしながら土間に崩れ落ちた。

「てめえ」

「やりやがったな」

子分たちが口々に叫んだ。目が吊《つ》り上がっていた。

「容赦はせぬ、といったはずだ」

さらに一歩すすみ、上がり框《かまち》に足をかけた。

「通る。妨げたら、斬る」

鋭い一瞥《いちべつ》を子分たちにくれた。刀を抜いた溝口がつづいた。小幡は手下たちとともに表戸を塞《ふさ》ぐところに立ち、大刀を抜きはなった。手下たちは手にした刺股《さすまた》、突棒《つくぼう》、鉄熊手《てつくまで》、狼牙棒《ろうきぼう》などを構えた。

「野郎」

横から子分が斬りかかった。溝口は逆袈裟に大刀を振った。呻《うめ》いた子分が大きくのけぞって転倒した。手練の剣技の片鱗をうかがわせる一振りだった。

血刀を下げた錬蔵は奥の座敷目指して入っていく。子分のひとりが、

「親分、鞘番所の殴り込みだ」

わめいて奥へ駆け込もうとした。その背中へ溝口が上段からの一振りをくれた。

絶叫を発して子分のひとりが倒れた。

廊下を行く錬蔵に障子の蔭から長脇差が突き出された。身をかわして、障子ごと袈裟懸けに斬って捨てた。切り裂かれ、壊れかけた戸障子ごと肩口から血を噴き出させた子分が倒れ込んだ。

錬蔵は子分らに鋭い目線をくれた。

怯《おび》えて、子分たちが後退《あとじさ》る。

子分たちは斬りかかってこようとはしなかった。取り囲んだまま一定の間を置いて、ついてきているだけだった。

奥の座敷の戸障子は閉まっていた。錬蔵は一気に踏み込むや横に大刀を振った。間髪を入れず、後ろへ飛んだ。

障子に血飛沫《しぶき》が飛び散った。そのまま戸障子ごとふたりのやくざ者が転倒した。

座敷にふたりの男が長脇差を抜いて身構えていた。目が血走っていた。

「向かって右の男が荒松の治助です」

溝口が背後から告げた。

「不知火の徳蔵か」

錬蔵が問うた。

突然、荒松の治助が、わめいた。

「そうだ。こいつが不知火の徳蔵だ。命は助けてくれ。おれは、頼まれてかくまっただけだ」

「てめえ」

不知火の徳蔵が吠《ほ》えた。

「うるせえ。この疫病神《やくびょうがみ》。てめえをかくまったお陰でこの始末だ」

治助が斬りかかった。不知火の徳蔵が身をかわしざま治助を横薙《な》ぎに斬り払った。

鮮やかな太刀捌《さば》きといえた。

「できるな」

「やっとうは、皆伝までいった。町人でも強ければ何か、どでかいことができるともってな」

不知火の徳蔵が薄く笑った。

「どでかいことが、盗人の頭になることか」

錬蔵が皮肉な笑みを返した。

「逃げてみせるぜ。鍛え抜いた剣の業でな」

中段に構えた。

「自信は過信に通じる。命取りになるやもしれぬぞ」

錬蔵は八双に大刀を置いた。

不知火の徳蔵が突きを入れた。錬蔵が鎬《しのぎ》で受けて庭へ飛んだ。不知火の徳蔵も庭へ走った。

対峙《たいじ》して睨《にら》み合った。不知火の徳蔵は八双、錬蔵は右下段へと構えを変えた。

じりっ、じりっと間合いを詰めた。

突けば切っ先が届く間合になったとき、ふたりが刀身をぶつけあった。鎬で受け合い、鍔《つば》迫り合いとなった。不知火の徳蔵が渾身の力をこめて錬蔵の肩に刃を押し当てようとした。錬蔵が押し返す。嫌った不知火の徳蔵が錬蔵を肘で突き、後ろへ飛んだ。

が、突き飛ばされたとみえた錬蔵は踏みとどまり、さらに一歩踏み込んで逆袈裟に刀を振り上げた。躰をのけぞらせて不知火の徳蔵が刃を避けたとみえた。

が、錬蔵はさらに半歩間合いを詰めていた。返した刀を袈裟懸けに振り下ろす。迅速極まる太刀捌きであった。

不知火の徳蔵が肩口から血を噴き上げ、その場に崩れ落ちた。

「鉄心夢想流《てっしんむそう》口伝、秘剣『霞十文字《かすみじゅうもんじ》』。剣を修める者には、まさしく目の保養……」

溝口が呻いた。

錬蔵が振り向いた。

「来るか」

子分たちが震え上がった。長脇差を放り投げ、その場にへたりこんだ。

錬蔵は荒松一家の外へ足を踏み出した。返り血を浴びた凄惨な姿に遠巻きの野次馬がざわめいた。野次馬たちの前に、押し戻すように居並ぶ河水の藤右衛門配下の男衆の姿があった。政吉や富造もいた。さらにその前には、警戒にあたる火盗改メの面々が居流れていた。

「引き上げる」

下知した錬蔵を先頭に溝口、小幡がつづいた。一行に松倉と手下たちが、さらに八木たちが駆け寄って合流した。

野次馬たちの後ろから錬蔵らを見送る深編笠の着流しの武士がいた。傍らに進藤与一郎が控えている。深編笠の武士は火付盗賊改方の頭領、長谷川平蔵に違いなかった。

「大滝錬蔵、なかなかやる」

つぶやくなり、平蔵は去っていく錬蔵たちに背を向けた。

歩き去る。

進藤与一郎がつづいた。

少し離れた町家の蔭に河水の藤右衛門が立っていた。

「深川から毒虫が一匹消えたか。が、またすぐに、どこぞの暗闇から毒虫が這い出てくる。それが深川という土地柄《ところ》……しょせん気張っても気張りきれるものではない。しかし、今の世には珍しい、いい気《き》っ風《ぷ》の男。むざむざ散らすわけにはいかぬ……」

見送るその目に親しげな光が宿っていた。

鞘番所へ引き上げる錬蔵の脳裏には、かすのことばが甦っていた。

——御神籤とみせかけたつなぎの書付を受け取ったのは浮島一家の永五郎

永五郎の名を聞いたとき、すぐ浮かんだのが東吉の、やけに愛想のいい狸面《たぬきづら》だった。東吉が此度の不知火の徳蔵がらみの一件にからんでいるのではないか、との疑念が頭をもたげた。

東吉はいま安次郎と動きをともにしている。安次郎は、東吉から片時も離れていないはずだった。

だとすれば、東吉は此度の一件には、からんでいないということになりはしないか。永五郎が東吉につなぎをとるようなことがあれば安次郎は必ず気づくだろう、と錬蔵はおもったのだ。

（永五郎をこのまま泳がせておくか。それとも、明日にでも捕らえ、責めにかけて泥を吐かせるか）

錬蔵はまだ決めかねていた。

思案にくれながら、錬蔵は黙々と歩みをすすめた。

三

安次郎は洲崎の遊里の聞き込みにまわった。

茶屋の男衆が、

「西念寺横丁で大捕物があったようだ」

と噂しているのをきいた。くわしく聞きたい、とおもったが、遊里に働く者は警戒心が強い。安次郎が、鞘番所の手先をつとめていることは、すでに知れ渡っていた。深川は、もともと御用の筋を嫌う土地柄であった。そのことは、深川で生まれ育った安次郎には身に染《し》みるほどわかっている。ましてや、安次郎は、かつては岡場所で幇間を稼業とし、太夫と呼ばれていた男だった。

心情的に、裏切られたかのような気持を抱き、白い眼を向ける者たちも少なくなかった。

安次郎は行方知れずになった女たちのことを聞くだけにとどめた。

四つ（午後十時）を告げる鐘が鳴り渡ったのを汐《しお》に安次郎は引き上げた。

土橋のさん崎屋に帰ると、東吉がすでに奥の座敷に坐って、酒を呑んでいた。珍しいことであった。東吉は、日頃はつきあい以外は酒を口にしなかった。

「早かったね。永五郎さんとのつきあいはすんだのかい」

安次郎が声をかけた。東吉が振り向いた。苦虫を噛《か》みつぶしたような顔つきだった。

「何かあったのかい。御機嫌斜めのようだが」

安次郎が東吉の前に坐った。

「ひでえじゃねえか。何で教えてくれなかったんだよ」

東吉が睨みつけた。

「何でえ。何を怒ってるんだよ」

「しらをきるんじゃねえよ」

「しらをきる？　どういうことだい」

東吉が、舌を鳴らした。

「おめえは鞘番所支配の手先をつとめてるんじゃねえのかい」

「そうだが……」

安次郎が首をかしげた。まじまじと東吉を見つめた。

「なにをいいたいんだよ。奥歯に物が挟まった言い方はやめて、はっきりいっておくれな。おめえとは遠慮のないつきあいをしてるつもりだがな」

「大滝の旦那が鞘番所の連中をひきつれて荒松一家に殴り込んだのよ」

安次郎が息を呑んだ。

「何だって。ほんとかい」

東吉が呆れた。

「おめえ、知らなかったのかい」

「ああ」

「しかし、おめえは鞘番所の」

「そうさ。たしかに大滝の旦那の手先をつとめている身さ」

「なら、知らねえはずが」

突然、安次郎が笑い出した。

「何がおかしいんでえ」

東吉が尖った。

安次郎が笑いをこらえて、いった。

「すまねえ。笑ったりして。だけどよ」

「だけど、何でえ」

「おれはここに泊まりっぱなしで鞘番所には一度ももどっていないんだぜ。大滝の旦那とも、この間、おめえと一緒に会ったきりだ。ことばのひとつも交わしちゃいねえぜ。御神酒徳利《おみきどっくり》みてえにいつもつがいでいるふたりだ。大滝の旦那と顔をあわせてねえことは、おめえが一番よく知ってるんじゃねえのかい」

「ほんとかい。どこかで、つなぎをとってたんじゃねえのかい」

東吉が探る目つきでいった。

「くどすぎるぜ、東吉さん」

安次郎が不快そうに顔を顰《しか》めた。

と、突然……。

東吉が頭を下げた。

「すまねえ。永五郎さんから厭味《いやみ》をならべられてな。腹の虫が、どうにもおさまらねえのさ」

「大滝の旦那が荒松の治助親分を叩っ斬ったとでもいうのかい」

「治助親分だけじゃねえ。代貸の文次、それとかくまわれていた不知火の徳蔵という盗人も容赦なく、ぶった斬ったって話だ」

「不知火の徳蔵といや、火盗改メが深川に追い込んだ盗人じゃねえかい。お手配中の盗人をかくまってたんじゃ斬られても文句はいえねえとおもうがね」

「そりゃ、そうだが」

東吉は、そこで急に身震いした。怯えた顔つきでつづけた。

「それにしても大滝の旦那は恐ろしいお人だ。責めにかけられたときのことを思い出したら震えが来るぜ。殺されたかもしれねえ」

「そりゃ考え過ぎだ。ああみえても大滝の旦那は情けの深い、気遣いのあるお人よ」

東吉は、黙った。

わずかの沈黙があった。

ぼそりと、いった。

「そうかね。おれには、そうはおもえねえ」

安次郎は苦い笑いを浮かべた。

「まあ、そのうちにわかるさ。すまねえが、もう少しつきあってくれよ」

東吉が、気乗りのしない顔つきで応えた。

「つきあうさ。もういいといわれるまでな。責められるのは一度だけでたくさんだ」

「東吉さん……」

安次郎は、呆れ果てて口を噤《つぐ》んだ。

翌朝、剣の打ち振りを終え、着替えたところにお紋が顔を出した。風呂敷から長葱がはみ出している。

「深川の町は旦那の噂で持ち切りですよ。昨日でお美津ちゃんたちの弔《とむら》いも終わったんで朝御飯の支度にきましたのさ」

そういい、襷がけして台所の土間に立った。

「すまぬ」

板敷きに坐って、錬蔵は小さく頭を下げた。

「急いでつくりますからね」

お紋は、それだけいって、水瓶から水をすくった。

なぜ、そこに坐ったのか錬蔵にも、わからなかった。ただ、その場を去ろう、という気がまったく起きなかった。理由はない。

眼を閉じる。

野菜を刻む包丁が俎板《まないた》にあたる音が、なぜかこころを静めてくれる。不思議だった。

(昨夜は暴れすぎた)

とのおもいがある。

お紋が手際よく料理をつくっていく。

その所作の生み出す音が錬蔵のささくれだった神経に安らぎを与えてくれた。

やがて……。

「できましたよ」

と錬蔵の前に、料理が列べられた箱膳が置かれた。根深汁から湯気が立ち上ってい
る。その湯気と葱の香りが錬蔵の食欲をそそった。
「食させてもらう」
錬蔵は箸を手にとり汁椀に手をのばした。
錬蔵は黙々と朝餉を食した。上がり端の少し離れたところに坐って、お紋も共に食
している。ひとりで食するときより、ふたりで食をとるほうが錬蔵には菜の一つ一つ
がおいしく感じられた。
食し終え、
「うまかった」
といい、箸を置いた。
お紋はすでに食事を終えていた。
箱膳をかたずけながら、
「荒松の治助親分と荒松一家は何かといちゃもんをつけては乱暴を働くので土地の者
は嫌っていました。口にこそ出さないが、旦那のお陰で厄介者がいなくなった、とほ
とんどの人が喜んでますのさ」
流しへ運んで、背中を向けたまま、ことばを重ねた。

「けどね、旦那。無茶だけはしないでくださいよ。お役目柄、そうも行かないとはおもうけど……」

お紋らしくない、しんみりとした口調だった。

無茶はせぬ、とはいえなかった。無茶をせねばならぬお務めについている身であった。

（おれの身を案じてくれているのだ）

錬蔵は、お紋のこころの温かみを、十二分に感じとっていた。

一刻（二時間）後、錬蔵は小幡欣作と共に船手方の役宅にいた。同心詰所で佐々木礼助と向かい合って坐している。

「奈良屋の荷も海鳴丸が運んできた、となると是《ぜ》が非《ひ》にも船あらためをせねばなりませぬな」

錬蔵が告げた。

佐々木礼助が難しい顔をして錬蔵を見つめた。

「奈良屋はさて置き、海鳴丸が抜け荷にかかわっているかもしれぬということ、確証はござるか」

「いつものことながら、証はござらぬ、証を得るために海鳴丸に乗り込み探索をしたい、と申しておるのだ」

錬蔵の応えに、佐々木礼助が、うむ、とうなずき、

「それはたしかに一理ござるな。一理あるとはいえ、ちと乱暴な気もするが」

といい、首をひねった。

ぽん、と膝を打ち、

「さいわい御頭が用部屋へおられる。お伺いをたててまいろう。たしかに、何も仕掛けずでは話にならぬからな」

と腰軽く立ち上がった。

錬蔵と小幡は佐々木礼助とともに小船で江戸湾に停泊する海鳴丸へ向かっていた。

佐々木礼助配下の船手方の小者五人も乗り込んでいる。

「江戸湾沖に停泊している船は御船手方の支配、われらが出役せねば何かと面倒事が起きたときには、後々、御役怠慢などと責められかねませんのでな。支配違いなどと面倒なことをいわずに、おもうがままに探索できたほうが、どれほど調べがすすむことか。おたがい余計な気をつかうことばかりで、いやはや、大変なことでござる」

その日の予定をすべて取りやめた佐々木礼助は愚痴《ぐち》りながらも船や小者の手配など出役の支度を敏速にすすめた。

海鳴丸の船長《ふなおさ》は喜八《きはち》という四十がらみの男だった。筋肉質で引き締まってはいるが背は高い方ではない。着痩《や》せする質《たち》らしく小袖を着て江戸の町を歩いていると、日焼けして色の黒いことをのぞけば、そこらの町人と見分けのつかない風貌の持ち主であった。

乗り込んだ錬蔵は、喜八に、何の外連《けれん》もなく問い糺《ただ》した。

「江戸は深川の岡場所で南蛮渡りのものとおもわれる簪《かんざし》が見つかった。探索の結果、出所は海鳴丸ではないかとの疑いが浮上した。船内を探索する」

「これは、おもいもかけぬおことば。痛くもない腹を探られては迷惑というものでございます」

喜八が、きっぱりと否定した。

「ただの噂と申すか」

「どこから出た噂か知りませぬが根も葉もないこと。船のなかのこと、調べていただければ、すぐにおわかりになりましょう」

と意外と素直に探索に応じた。

「どこにも抜け荷の品はない、と自信あっての応諾とみましたが」

小幡が顔を寄せていった。

「徹底的に調べろ。調べ上げることに意味があるのだ」

錬蔵が不敵な笑みを浮かべた。

「調べることに意味があるとは……」

小幡が首をかしげた。

「いずれ、わかる」

錬蔵は佐々木にも、

「船頭たちの持ち物もあらためてもらいたい」

と告げた。佐々木は、

「抜け荷を見逃した、となれば船手方の恥。万事ぬかりなく」

と顎を引いた。

探索は三刻（六時間）にも及んだ。喜八や船頭たちの持ち物から南蛮渡りのものとおもわれる簪や髪飾り、豪華な宝玉で装飾された化粧箱などが十数点みつかった。簪はお紋がさしていたものと寸分変わらなかった。

が、錬蔵は、そのことには一言《ひとこと》も触れない。お紋の簪を見たのは安次郎だけであった。小幡などは南蛮渡りの品をあまり見たことがないらしく、

「さすがに異国の品々。華美なものでございますな」

とあまりの物珍しさに見とれたほどであった。

「寄港しました長崎にて買い求めました。故郷で留守を守る家族たちへのみやげの品。なにとぞ、お目こぼしを」

と喜八が哀願した。

船頭たちも手を合わせた。

錬蔵が、簪を手にとった。

「この簪、なかなかの品。気に入った」

としげしげと眺めた。

「御支配、それはあまり……」

小幡が咎《とが》める目でいいかけ、口を噤んだ。佐々木は知らんぷりをしている。

喜八が探るように錬蔵をみた。

錬蔵が意味ありげな笑みを片頬に浮かべた。

喜八が小さくうなずき、

「それほどお気に入りなら、お持ち帰りくださいませ」

と愛想笑いをした。

「そうか。折角の申し出、役目上、受け取りにくいが、ま、よかろう。有りがたく頂戴する」

懐から二つ折りした懐紙をとりだし、簪をはさみこんだ。

「引き上げますかな」

錬蔵が佐々木に声をかけた。

船手方の役宅へ戻る船中で錬蔵が顔を寄せ、

「佐々木殿、内密の話がある。小幡、寄れ」

佐々木、小幡と円座を組んだ。

錬蔵が懐から懐紙にはさんだ簪をとりだして、しめした。

「この簪と同じものを深川の芸者が所持している。探索で得た事柄を繋ぎあわせてみると酷似した品が江戸市中に出回っているふしがある」

「抜け荷の証、でござるか」

佐々木が押さえた声でいった。

「売り捌いたとおもわれる商人たちのところに類似した品でもあれば、追及の糸口にはなるとおもうてな。取りあげてきたのだ」

聞いていた小幡が、はっと、思いあたって、問うた。

「それでは松倉さんと八木さんに見張りを命じられたふたりが抜け荷の疑いのある商人」

錬蔵が、無言でうなずき、告げた。

「佐々木殿、この小幡を残していく。海鳴丸に動きがあるかもしれぬ。小幡には海鳴丸を見張らせ、上陸する者あらば尾けさせる所存。どこで見張ればがよいかなど、いろいろと手助けしていだけぬか」

「承知仕った。陸に上がれば町奉行所の支配下だが上陸するまでは船手方の支配。ともに手を貸し合うということに」

「お願い申す」

錬蔵は小幡に顔を向けた。

「機会は一度しかない。見落としをすること許さぬ。よいな」

「は」

小幡が大きく顎を引いた。

錬蔵は船手方の役宅から深川大番屋へ向かった。

錬蔵は浮島一家の永五郎が何らかの形で逃がし屋にかかわっている、と睨んでいた。そのおもいは時がたつにつれ増していた。

(不知火の徳蔵は逃がし屋を使って江戸湾へ出、どこぞの廻船に乗り込み、海路でいずこかへ逃れようと手配がつくのを荒松一家に身を隠して待ち受けていた)

とみていた。かすは文次を尾行し、つなぎの文を御神籤に擬《ぎ》して富岡八幡宮の木に結びつけるところを見た。その文を浮島一家の永五郎が枝からほどいて持ち去っている。

(おそらく、その文は逃がし屋に届けられたに違いない)

錬蔵は、

(いますぐにも永五郎を捕らえるべきなのかもしれぬ)

とおもった。何度も浮かび上がり、そのたびに、

(このまま泳がせるべきだ。かならず逃がし屋と接触する。そのときこそが永五郎を捕らえるとき)

と思いとどまる思案であった。

錬蔵は、気を鎮《しず》め、再び、泳がせる、と決めた。

思案にふけりながら歩みをすすめた錬蔵は、いつのまにか深川大番屋の前にいた。

門番詰所に顔を出し、

「訪ねてくる者がいるかもしれぬ。来たら知らせてくれ」

と頼み、長屋へもどった。

ありあわせのもので夕飯を終え、ごろりと横になった。

肘枕をして、目を閉じる。

向後の探索について思案しつづけた。

海鳴丸の喜八は必ず動く。おそらく五島屋か美濃屋へ出向くはずであった。錬蔵は、明日は美濃屋へ乗り込み、御用あらためをする、と決めていた。美濃屋を捕え、抜け荷にかかわっているであろう、と責めたてても白状するとはおもえなかった。錬蔵は美濃屋を、ほどのいいところで放免し、泳がせるつもりでいた。

(五島屋へ向かうか。それとも奈良屋へ行くか)

どちらに向かうか読めなかった。

(奈良屋へ向かったらどうなる?)

奈良屋が抜け荷の黒幕かもしれない、との疑惑が錬蔵のなかで少しずつ膨《ふく》らんできている。抜け荷を行うには莫大な元手がいる。五島屋や美濃屋も大店だが、商いの大きさからいって奈良屋とは格段の差があった。

（奈良屋が五島屋や美濃屋を抜け荷に引き込んだのかもしれぬ）

抜け荷の品を売り捌くには五島屋や美濃屋のように品物を売る道筋を持つ商人が必要になってくるはずなのだ。

奈良屋の印半纏《しるしばんてん》を身につけた永五郎の姿が脳裏に浮いた。

（永五郎は奈良屋にも、逃がし屋にもつながっている）

錬蔵は、もうひとり、永五郎につながる男がいることに気づいた。

東吉だった。

へらへらと愛想笑いをした東吉の、やけに愛嬌のいい顔が浮かんだ。

（東吉はどんな役割を担っているのか）

思案をすすめた錬蔵は東吉の過去や身辺について、ほとんど知らないことに思い至った。

（とことん調べあげるか、東吉を）

安次郎は東吉に近づき過ぎていた。冷静な目でみることはむずかしい、とおもえた。

（だれに、やらせるか……）

錬蔵は、さらに思考を深めた。

四

小幡欣作が鞘番所にもどってきたのは四つ（午後十時）少し前であった。

用部屋へ姿を現した錬蔵を腰を浮かして振り向き、小幡がいった。

「動きました、船長の喜八が」

「どこへ向かった」

「五島屋へ」

うむ、と錬蔵は顎を引いた。五島屋へまっすぐ向かった、ということは抜け荷の品の売り捌きもとは五島屋なのかもしれない。

小幡は佐々木が手配してくれた水主《かこ》同心の田島誠太郎《たじませいたろう》と小者ふたりと共に小船に乗り込み、釣り人を装って、海鳴丸を見張ることのできる海上に停泊した。

海鳴丸から小船が下ろされたのは、停泊してまもなくのことだった、という。

「小船は本湊町《ほんみなとまち》の船着き場に接岸し、喜八ひとりが下りたちました」

「小船は、そのままか」

「は。喜八は半刻（一時間）たらずで五島屋を後にし、待っていた小船に乗って、海鳴丸へ」

「引き返したか」

「小船に乗り込み、海鳴丸へ向かって漕ぎ出したところまでは見届けましたが、あとは田島殿らにまかせました。まずは御支配へ復申せねばならぬ、と判じましたゆえ」

「田島殿にきけば、小船が海鳴丸へ引き返したかどうか、わかる手筈《てはず》はついているのだな」

「いまから船手方へ駆け戻って、たしかめてまいりましょうか」

「その必要はない。そのうちに田島殿にきけばいいだろう」

錬蔵は、そこでことばを切った。小幡をじっと見つめて、告げた。

「明日昼前に、美濃屋に御用あらためを仕掛ける」

「抜け荷の品の探索でございますな」

「戻ったばかりですまぬが松倉や八木に出役の手配りをするよう、つたえてくれ。溝口には傷の具合が気になる。もう少し休め、といってくれ」

「松倉さんたちは長屋におられるはず。そのこと直《ただ》ちにつたえまする」

小幡は大刀を手に立ち上がった。

翌朝、錬蔵は蕪《かぶら》をくるんだ風呂敷包みを手にやってきたお紋に喜八からせしめてきた南蛮渡りの簪を見せた。

手にとり、しげしげと見つめてお紋がいった。

「わたしが五島屋さんからもらった簪と同じもの。これをどこから」

「いまはいえぬ」

お紋が錬蔵に簪を手渡した。

「わたしの簪、あすにも持ってきましょうか」

「そうしてくれるか。何かと役に立つはず。決して迷惑はかけぬ」

「旦那のお役に立つのなら、迷惑のひとつやふたつ、かけられてもかまいませんよ」

そういいながらお紋は袂《たもと》から襷《たすき》をとりだし十字にかけた。

料理にとりかかる。

錬蔵は、今日もまた、板敷きの上がり端に胡座《あぐら》をかいて坐った。目を閉じて、支度ができるまで、そのままでいた。

「うまい」

と舌鼓をうって朝飯を食べ終え、

「いつもすまぬ」

と小さく頭を下げた。

お紋が口に手を当てて、小さく笑った。

「旦那ったら、いつも同じことばっかりおっしゃって。すまぬ、はもう勘弁してください な。わたしも朝を一緒に食べるのが楽しみなんですから」

そういって、あわてて錬蔵の箱膳を下げ、背中を向けた。

お紋が帰ったあと、錬蔵は庭に面した戸障子を開けた。縁側に坐った。空を見据える。暗雲が立ち籠めていた。重なり合った雲が吹き荒れる風に流され、さまざまな影をつくりだしては消した。春の嵐が生みだした、まさに千変万化の様相であった。

（これからの探索の行方のような……）

胸中でつぶやき、立ち上がった。

野袴をはき、火事羽織を羽織って陣笠をかぶった。荒松一家には、はなから斬り込む気でいた。そのために動きやすい着流し、巻羽織の出で立ちで向かった。美濃屋の場合は違った。与力の、つねの出役の支度であった。

美濃屋に、与力の正式の出役であることを示し、公儀の御用であることを印象づけ威圧感をあたえるための道具立てとしての出で立ちであった。錬蔵は刀架に手をのばし、大刀を摑んだ。

錬蔵の眼には烈火が揺れていた。お紋にみせた、柔らかな眼差《まなざ》しは影を潜め、獲物を狙う獣の凄みが宿っていた。

用部屋へ出向くと松倉孫兵衛、八木周助、小幡欣作にくわえて溝口半四郎が待ち受けていた。

顔を見るなり、錬蔵が告げた。

「溝口、もうじき大捕物が始まるかもしれぬ。そのときは多少の無理は承知の上で存分に働いてもらわねばならぬ。今日は大番屋にて非常時に備えよ。五島屋に張り込ませた手先から火急の知らせがあるやもしれぬ」

「それは、しかし……」

溝口が不満げな声を上げた。

「支配役として命ずるのだ。わかったな」

厳とした錬蔵の口調だった。

「は」

溝口がうつむいた。

「美濃屋のなかを虱潰《しらみ》しに調べ上げるのだ。たとえ抜け荷の品がみつからなくとも美濃屋を捕らえて、大番屋の仮牢へほうりこみ、拷問にかけるつもりだ」

松倉たちが無言でうなずいた。

「出役する」

錬蔵の下知に小幡たちが裾を蹴立てて立ち上がった。


小幡と松倉を引き連れた錬蔵は、日本橋川と交わる亀島町川岸通りに面した美濃屋に足を踏み入れた。八木には裏口を固めさせてある。

「御用の筋だ。抜け荷を扱っているとの風聞あり。調べる」

よばわった錬蔵は土足のまま上がり框へ足をかけた。

「お待ちください。何かの間違いでございます」

錬蔵の声を聞きつけたのか、奥から美濃屋が慌てて飛び出してきた。

錬蔵の行く手を塞ぐように坐って、手をついた。

「当家の主人《ある》拾助《じじゆうすけ》でございます。抜け荷などとんでもない濡れ衣《ぎぬ》」

見据えて、告げた。

「濡れ衣かどうか調べればわかることだ」

「それは……」

顔に困惑が浮いた。

「仕掛かれ。蔵をあらためろ」

錬蔵が下知した。小幡と松倉が手先とともに土間づたいに奥へ走った。

錬蔵が美濃屋の襟首を摑んだ。

「立ち合ってもらおう」

引きずる手を必死で押さえて美濃屋がわめいた。

「歩いて、歩いてまいります。ご勘弁を」

探索を始めて二刻（四時間）ほどたった。三つある蔵をすべてあらためたが、抜け荷の品の欠片《かけら》一つ見いだせなかった。

錬蔵の傍らに控える美濃屋の顔から、すでに焦りの色は消えていた。片頰に、余裕の薄ら笑いすら浮いていた。

「お疑いは晴れましたでしょうか」

浅く腰を屈めた。

「そうよな」

低く応え、にやり、とした。

目を細めて鋭く見据えた。

「美濃屋、さすがだ」

「えっ？　何が、さすがでございますか」

あきらかにことばの意味を解しかねていた。

「抜け荷などやる悪党は、品物を隠すことなどお手の物。尋常な探しようで見いだせるとおもったおれが大虚《うつ》けであった、とおのれの不覚を恥じたところよ」

「そんな。それは言いがかりと申すもの。神かけて抜け荷など、いたしておりませぬ」

声が上《うわ》ずっていた。

「美濃屋に縄をうて。大番屋の仮牢で拷問にかけてくれる。この悪党め」

頬を拳で打った。よろけて倒れた美濃屋に小幡が駆け寄り、後ろに手をねじり上げ縄をかけた。

美濃屋が顔を上げて、わめいた。

「無体、ご無体でございます」

「引きたてい」

鍊蔵が鋭く下知した。

店の前には人だかりがしていた。

通りに出た鍊蔵は、後ろ手に縛り上げた美濃屋を引きすえた小幡ら捕方たちとともにゆっくりと歩きだした。

鍊蔵は野次馬のなかに見知った顔を見いだしていた。永五郎であった。視線を流すと少し離れたところに、かすがいた。

鍊蔵は振り返ることなく、つき従う松倉に低く告げた。

「ゆっくりと行く。捕らえた美濃屋の姿をできるだけ人目にさらすのだ」

「は」

と短く応え、振り返って告げた。

「御支配の歩調にあわせろ」

小幡や八木たちが目線で応じた。

大番屋へ戻った鍊蔵は、

「美濃屋を仮牢に放り込んでおけ。二、三日ほうっておけば口も軽くなるだろう」

と縄尻をとった小幡に命じた。うなずいた小幡は、

「来い」

ととことさらに荒々しく引き立てていった。美濃屋はことばにならない声を上げ、よろけながらつれさられていった。

見送っていると門番が声をかけてきた。

「御支配。お紋さんからの預かり物がございます」

「お紋が……」

振り向くと門番が紫の袱紗《ふくさ》包みを手に立っていた。

「出役されてから、ほどなくしてお紋さんが戻ってこられて、『朝方、頼まれたもの。早いほうがよい、とおもって届けにきました』との口上でございました」

錬蔵は受け取って袱紗を開いた。桐の小箱が包まれていた。蓋《ふた》をとると、なかに抜け荷の品と見立てた簪が入っていた。

「たしかに届けてくれと頼んだ品だ」

これと海鳴丸の船長喜八から手に入れた簪を突きつければ美濃屋はどういう反応をしめすだろうか。錬蔵は、多少の責めにかけ、締め上げた後なら白状するかもしれな

い、と判じた。

鍊蔵は小箱を袱紗で包みなおし、袂に入れた。

「御苦労であった。何があるかわからぬとき、心して務めてくれ」

「承知いたしております」

門番は腰を屈めた。


出役の支度を解いて、着流しに羽織といった出で立ちにもどった鍊蔵は同心詰所に顔を出した。

溝口ひとりが所在なげに板の間に控えていた。松倉たちは出役の出で立ちをつねのものに着替えているのであろう。

「つなぎはあったか」

「いまだに何も」

「そうか」

少なくとも今夜のうちには何らかの動きがあるはずであった。

「報告があれば、すぐ知らせてくれ。用部屋にいる」

溝口が無言で顎を引いた。

用部屋に錬蔵がもどってまもなく、廊下を近寄ってくる足音が高く響いた。

足音が戸襖の前で止まった。

「御支配」

溝口の声だった。

「入れ」

戸襖をあけ、用部屋へ入ってきた。

「五島屋を見張らせた手下からつなぎがありました」

「動いたか」

「浮島一家の永五郎が血相変えて五島屋へ駆け込んだそうでございます」

「永五郎が」

錬蔵が声を高ぶらせた。意外な名であった。

が、よく考えてみると稼業柄、永五郎が五島屋とつながっていても不思議ではないような気がした。

「永五郎がやって来て小半刻（三十分）ほどして五島屋と永五郎が共に出てきて、店先で別れたそうでございます」

「五島屋はどこへ」

「石置場の『桝屋《ますや》』という茶屋へあがったそうでございます。やがて三味線の音など聞こえてきたということでした。小半刻ほど待ちましたが出てくる様子もないので、とりあえず大番屋へ復申にきたと手下の者が」

「手下は桝屋へもどしたであろうな」

「は。すぐ五島屋の張り込みに戻るよう命じました」

うむ、と錬蔵がうなずいた。

錬蔵のなかで名状しがたい不安が渦巻いていた。

五島屋は茶屋遊びをしているとみせかけて桝屋を抜け出し、小船を使って堀川をいずこかへ出かけたのではないか、というものであった。

錬蔵は、自ら、

(たしかめに行く)

と決めた。溝口の体調は十分ではない。命じれば意地にも動く気性の者だった。まだ無理をさせたくなかった。

溝口を見やって、告げた。

「御苦労。つなぎがあれば知らせてくれ」

半刻（一時間）後、錬蔵は桝屋にいた。

五島屋の座敷へ踏み込む、といって乗り込んだ錬蔵を桝屋の主人が懸命に引き留めた。帳場の奥の座敷に招じ入れ、

「大事なお客さまのこと、どのようなお遊びをなさっておられるか申し上げるわけにはいきませぬ」

と言い張った。

が、

「いまなら咎めはせぬ。有り体に申せ。さもなくば御用風を吹かすことになる」

と引かぬ構えをみせた錬蔵に桝屋が折れた。

「わたしが五島屋さんのお座敷に挨拶に出向きます。戸襖を開けたままにしておきますので、わたしについてきた店の者を装って、座敷のなかをその目でたしかめてください。それが商人として出来る唯一のことでございます」

と頭を下げた。

桝屋の半纏を身につけた錬蔵は廊下から座敷のなかを見渡した。開け放した戸襖の

向こうでは、芸者や幇間が三味線を鳴らして騒いでいた。桝屋が向かい合った床の間を背にした上座には人の姿はなかった。

桝屋は、さも、そこに人が坐っているかのように挨拶し、頭を下げてみせた。

錬蔵は、身じろぎひとつせず、桝屋の猿芝居を凝然と見据えていた。

五

鞘番所へもどった錬蔵は用部屋へ入り、腕を組んだ。事の成り行きを見直す必要があった。

思案にふける。

五島屋が行方をくらましたのは現実のことなのだ。

海鳴丸を探索し、美濃屋を捕らえたことが見えぬ敵を動かしている。錬蔵は、そうみていた。

(確たるものは何らつかめていないのだ)

みえてきたのは抜け荷のことだけであった。それもまだ曖昧模糊《あいまいもこ》として、はっきりとはしていない。

行方知れずになっている女たち。

逃がし屋。

佐平と心中したお美津は女たちと一緒に闇の置屋に閉じこめられていたはずなのだ。

不知火の徳蔵は逃がし屋の手配りがすむのを待っていたに違いない。つなぎ役をつとめた浮島一家の永五郎が逃がし屋にからんでいるのはまず間違いはなかろう。

（永五郎か……）

錬蔵は、うむと首を捻《ひね》った。

永五郎は五島屋へ走った。訪ねた刻限からみて、美濃屋のことを知らせにいったと推断できる。五島屋は枡屋にいるふりをして、どこかへ出かけた。知らせがないところをみるとまだ店にはもどっていないのだろう。

（不知火の徳蔵、荒松一家、浮島一家の永五郎、五島屋……）

胸中でかかわりあいがあるとおもわれる名をならべてみた。

（東吉か……）

お美津が拐《かどわ》かされ、佐平と心中したことで東吉への疑念が薄らいでいるのは事実だった。

が、東吉が重大な鍵を握っている者のひとりだとしたら、すべての推測が微妙に変わってくる。

不知火の徳蔵が待っていたのは逃がし屋の手配りだった。永五郎が逃がし屋へのつなぎ役であることは、まず間違いない。

逃がし屋の手配りはなぜ遅れたのか。逃がし屋に速《すみ》やかに動けない、何らかの事情があったに違いないのだ。

そこまで思案をすすめた錬蔵のなかで弾けるものがあった。

(安次郎か……)

安次郎にべったりと張りつかれた今の有りさまでは東吉は、おもうように動くことはできない。もし東吉が逃がし屋だとしたら手配りが遅れて当然なのだ。

「美濃屋に仕掛けてみるか」

錬蔵はつぶやき立ち上がった。

仮牢のなかに憔悴しきった美濃屋が後ろ向きに坐っていた。錬蔵は仮牢の外に立った。

美濃屋がゆっくりと振り向いた。

「悪い知らせがある」

錬蔵が告げた。

「悪い、知らせ？」

美濃屋が怯えた顔つきになった。

「五島屋が殺された」

「嘘だ。おれをはめようとしているんだ」

「なぜ、はめられる、とおもうのだ」

「それは……」

いいかけたことばを呑みこんだ。

錬蔵がじっと見つめて、いった。

「もう一度いう。五島屋は死んだ。仙台堀に骸《むくろ》が浮いた。首に荒縄が巻きついていた。あきらかに首を絞められていたのだ。殺された、と断ずるのが当然ではないか」

「首に、荒縄が巻きついていた。絞められていた、だと」

「仲間割れではないのか、抜け荷の」

「知らない。抜け荷など濡れ衣だ」

「これをみろ」

錬蔵は懐から二本の簪を取りだしてみせた。そのうちの一本はお紋が届けてくれた品だった。

「これは、あの簪……」

「一本は海鳴丸から、一本は五島屋の隠し蔵から見つけ出したものだ」

美濃屋の顔が歪んだ。

「五島屋の隠し蔵、だと」

「美濃屋の手入れは根のないことではない。いい仲間を持ったものだ」

「それでは五島屋が」

錬蔵は、にやり、とした。意味ありげな薄ら笑いだった。

「もう一度、訊く。抜け荷には、あくまでかかわりない。濡れ衣だと言い切るのだな」

「濡れ衣だ」

声を高めた。

錬蔵が、再び見つめた。

しばしの間があった。

「そうか。濡れ衣か」

大きく溜め息をついた。

「ならば、よい。仮牢から出してやろう。今すぐにな」

「放免する？　何のために」

わめいた。悲鳴に似ていた。

「無実の者を仮牢に入れておくわけにはいくまい」

「そんな、おれは、おれは……」

美濃屋が呻いた。

「牢番。開けてやれ」

牢番詰所へ向かって声をかけた。

「へい。ただいま」

牢番が鍵を手に詰所から出てきた。

鍵を開ける。指図をあおいで、顔を向けた。

「後は、おれがやる」

うなずき、牢番が詰所へもどった。

「出ろ」

錬蔵が潜り戸を開けた。

美濃屋は坐ったまま後退った。

「放免してやる。深川大番屋から一歩外へ出れば、どこへ行こうと勝手だ。もっとも気をつけることだ。五島屋のような目にあわぬともかぎらぬでな」

「けっこうでございます。このままでよろしゅうございます」

「このままでよい？　それでは、立場上おれが困る。繰り返すが無実の者を仮牢に入れておくわけにはいかぬ」

潜り戸からなかに入った。美濃屋の襟首をむず、と摑んだ。

「出たくなければ、おれが出してやる。出るんだ」

「厭だ。出たくない。許してくれ」

錬蔵は、手足をばたつかせて抗う美濃屋を引きずっていった。

美濃屋は、潜り戸の格子にしがみついた。

「出れば殺される。死にたくない。勘弁してくれ。五島屋のようにはなりたくない」

「殺される？　抜け荷にかかわりない、無実の者がなぜ怖《おそ》れる。出ろ」

美濃屋の首に手を回し、引きずりだそうとした。

「厭だ。死ぬのは厭だ。喋る。全部話す。抜け荷のことを、すべて白状する」

泣き声まじりで叫んだ。

錬蔵は片頬に不敵な笑みを浮かせた。

「永五郎さん、見込み違いじゃないだろうね。ほんとに女たちの隠し場所が突き止められたんだね」

安次郎が先を行く永五郎に声をかけた。肩をならべて歩く東吉が口をはさんだ。

「そんな疑った言い方はねえだろう。おれが頼んでおいたから永五郎さんは気にかけていてくれたんだぜ」

「それはそうだが」

永五郎が歩きながら振り返って、いった。

「一家の若い衆に小船に乗った女と遊んだ野郎がいてね。様子から見て、船饅頭とは違う気がして、近くに舫《もや》ってあった猪牙舟をちょいと借りて後をつけた。うちの一家の奴らは、稼業柄、小船の櫓《ろ》ぐらい操れる。口入れした先に入れる船頭が手配できなかったときは、一家総出で働きに出ることもあるんだ。おれもかなり漕《こ》げる口よ」

「すまねえ。お夕と会えるかもしれねえ、とおもうと気が急《せ》いてしまって。ついつい疑り深くなっちまう」

安次郎が気弱な声を出した。永五郎が応えた。

「もっとも、お夕さんがそこにいるかはわからねえよ。おれも女たちの隠し場所をのぞいたわけじゃねえからな。もう少し行けば着くぜ」

「お夕が見つかるといいんだが……なんで、こう気が急くのかね」

安次郎が首を小さく傾げて、苦笑いをした。

あたりは夜陰に包み込まれていた。

安次郎たちは足下も定かではない二十間川の河岸沿いの道を十万坪へ向かって歩いていく。

安次郎たちから少し遅れて道脇に身を寄せながら同じ歩調で来るものがいた。尾けているのはあきらかだった。

暗がりのなかにうっすらと浮かぶ顔は、かすのものであった。

その顔が微《かす》かに歪められた。

視線の先に、どこぞの材木問屋の荷揚場であろうか、船着場がみえた。その船着場を中心に数十隻にも及ぶ小船が舫ってあった。火急の積み荷でもあるのだろうか。群れる小船は荷運びに備えてのものとおもわれた。

かすはおもわず足を止め、小船を見やった。

首を捻った。

視線を前に戻し見え隠れの尾行に戻った。

恐怖にかられた美濃屋は錬蔵にすべてを白状した。

抜け荷の黒幕は材木問屋の奈良屋であった。材木を運ぶ廻船を利用して奈良屋はさらなる利を貪《むさぼ》ろうと抜け荷を始めた。もともとは海鳴丸の船主、平戸《ひらど》の大津屋《おおつや》からもちかけられたものだった。

抜け荷の品を売り捌くために奈良屋が遊び仲間の五島屋に声をかけ、五島屋が、売り手が足りぬ、と美濃屋を仲間に引き入れた。

娼妓たちを拐かしたのは抜け荷の代金の一部とするためだった。長崎出島《でじま》に巣くう抜け荷の取引先の異国人が日本の女を欲しがった。

異国へ連れ出せば高価な値で売れる、からであった。

取引をうまくすすめるために奈良屋はその要求を呑んだ。深川には、いつ行方をくらましても誰も探そうともしない女たちが数多くいた。

奈良屋は女たちの拐かしを、口入れ稼業も営《いとな》む土地のやくざ、浮島一家の永五郎の仲立ちで、盗人などの悪党を逃がすことを生業《なりわい》とする逃がし屋の元締めに頼んだ。

逃がし屋の元締めこそ娼妓の置屋、子供屋さん崎屋の主人、東吉であった。永五郎は東吉の逃がし屋の稼業も手伝っていたのだ。

女たちは奈良屋の木置場に閉じこめられている、という。

錬蔵は青海橋の近くから見た、奈の一字を円で囲んだ奈良屋の記号が壁に浮き立つ木置場の景色を思い出した。

(あのとき、奈良屋の半纏を着た永五郎が木置場から出てきたのだ。なぜか不意に、奈良屋に疑惑が湧いた……)

錬蔵は、臍《ほぞ》を噛《か》むおもいにとらわれた。おのれの勘働きを信じなかったことへの悔い、とでもいおうか。

が、それも一瞬のこと……。

美濃屋を仮牢にもどした錬蔵は同心詰所に行き、調べ書など、それぞれの執務についている松倉孫兵衛たちに、

「火急の出役、支度にかかれ。できうるかぎり秘密裏に動け。踏み込む先は木場は奈良屋の木置場。それと大斧を忘れるな。木戸門の扉を叩き割るのに必要だ」

と命じた。

溝口と小幡には、

「わしと共に別行動をとれ。斬り込む先がある。浮島一家と土橋のさん崎屋だ」

溝口と小幡が緊迫に目を血走らせてうなずいた。

錬蔵は松倉と八木を振り向いて、さらに告げた。

「我ら三人が合流するまで踏み込むな。奈良屋の木置場を取り囲んで待て。深川大番屋総動員の捕物ぞ」

「すぐさま手配にかかります」

松倉がおっとり刀で立ち上がった。土間へ降り立つ。八木もつづいた。

深川鞘番所を出るときに錬蔵は一通の封書を門番に手渡し、告げた。

「これより船手方の役宅へ走り、同心佐々木礼助殿にこの封書を渡せ。火急の用だといえ。佐々木殿がおらぬときは御支配の向井将監様に、深川大番屋からの急な知らせ、捕物にかかわることでございます。なにとぞ御披見を、と是が非にも手元に届けるのだ」

「わかりました」

門番が顔を強張らせ封書を受け取った。

溝口らをひきつれた錬蔵は、まず浮島一家に向かった。表戸を開けて、踏み込む。

た。

「御用の筋だ」

大刀を引き抜き、土足のまま駆け上がった。刀を抜き連れて、溝口と小幡がつづいた。

なかに人影はなかった。

一気に奥へすすむ。

奥の座敷には神棚を背にした浮島の堯蔵《ぎょうぞう》がいた。六十はとっくに過ぎているだろうか。長火鉢の前に坐り、鶴のように痩《や》せ細った手に煙管《きせる》を持ち、煙草をくゆらせている。

入ってきた錬蔵たちを振り向こうともせず、長火鉢の端を、ぽん、と煙管で打った。煙草の灰が火鉢に落ちた。

錬蔵を見上げた。

「あっしも長生きしすぎやした。一家のことは永五郎にまかせておりました。いずれ、こういうことになるんじゃねえかと覚悟はしておりやしたが。お縄を頂戴いたしやす」

腕を差し出し、両の手首を交差させた。

錬蔵が冷ややかに見据えた。

「年寄りの冷や水、というぞ。悪事を見逃しつづけた者が俠客を気取る。笑止千万だ」

堯蔵が目を剝《む》いて、吠えた。

「野郎、男の心意気がわからねえのか。野暮天め」

長脇差を手に立ち上がった。

「しばらく眠っておれ」

錬蔵が袈裟懸けの峰の一撃を肩にくれた。

低く呻いて、堯蔵がその場に崩れ落ちた。

土橋のさん崎屋は蛻《もぬけ》の殻だった。娼妓たちの姿もみえない。

「まさか……」

小幡が呻いた。

「行きがけの駄賃と抱えの娼妓たちを連れ出したのでは」

溝口が錬蔵を見やった。

「安次郎が危ない。急げ」

錬蔵が踵を返した。

さん崎屋から走り出たところで錬蔵は足を止めた。溝口、小幡も動きを止めた。

行く手を塞ぐように黒い影が片膝をついてうずくまっていた。

錬蔵が油断なく目を凝らした。

黒い影が声を発した。

「大滝の旦那、お供させてくだせえ」

「政吉か」

「へい。主人のいいつけで闇の置屋の探索をつづけておりやした。調べるうちにさん崎屋の東吉が怪しい、と目星をつけやした」

「蛇《じゃ》の道は蛇《へび》か」

「蛇は蛇同士。穴蔵探しは蛇の方が上手なようで」

にやり、として立ち上がった。

「猪牙舟を近くに舫《もや》ってありやす。女たちは浮島一家の若い奴らが小船に乗せて連れていきました。富造が舟で尾けておりやす」

「造作をかける」

政吉が先に立った。錬蔵たちがつづいた。

猪牙舟が二十間川を滑っていく。舳先《へさき》から小幡、溝口、艫《とも》近くに錬蔵が坐っていた。政吉の櫓捌きは見事だった。

「実は洲崎の漁師あがりで」

政吉が照れたように笑みを浮かせた。

「青海橋のたもとあたりで陸《おか》へ上がる」

「あの日、旦那と出会ったあたりですね」

「そうだ」

「わかりやした」

「急いでくれ」

「揺れますぜ」

「かまわぬ」

政吉が漕ぐ櫓に力を籠めた。

安次郎たちは奈良屋の木置場を奥へ向かってすすんだ。

安次郎が足を止めた。

「おかしいな」

「何が、だい」

東吉が応えた。なぜか薄ら笑いを浮かべていた。

「ほんとに女たちの隠し場所なのかい。いやに警戒が手薄だが」

「いまごろ気づいたのかい。岡っ引き気取りの太夫さん」

含み笑った。

「東吉さん、おめえ」

といいかけ、うっ、と呻いて動きを止めた。音もなく後ろに回った永五郎が安次郎の背に匕首《あいくち》を突きつけていた。

「下手に動くと、ぐさり、といくぜ。東吉さんの計らいで女たちに会わせてやろうというんだ。逆らわねえほうが身のためじゃねえのかい」

「まさか、おめえたちは」

「そうよ。女たちを拐かした一味よ。逃がし屋でもあるがな」

東吉の顔つきが変わっていた。獰猛《どうもう》な猛禽が捕らえた獲物を喰《く》らうときに舌なめずりするように舌で唇を一舐《な》めした。

「お夕という名の女は、いるぜ。年格好もおまえのいうお夕に似ている。だがな、残念ながら、おれはおめえの大事なお夕さんの面《つら》を見たことがないのさ」

「お夕に、お夕に会わせてくれ」

「会わせてやるさ。冥土のみやげにな」

引きつった笑い声を上げた。


青海橋の下に猪牙舟が一艘《いっそう》舫ってある。船頭の姿はなかった。

「富造の猪牙舟でさ。女たちは、やっぱり奈良屋の木置場へ連れてこられたのか」

いいながら政吉が手慣れた棹《さお》捌きで猪牙舟を青海橋のたもと近くの土手に着けた。

小幡が、溝口が、錬蔵が土手に飛んだ。

「先に行くぞ」

錬蔵が告げた。

政吉が無言でうなずいた。

奈良屋の木置場へ向かって走る錬蔵たちに駆け寄る者がいた。

富造だった。

「旦那、いましがた安次郎さんが東吉や永五郎と一緒に木置場に入っていきやしたぜ」

うむ、と錬蔵がうなずいた。

「ここで待て。ついてくると怪我をすることになるぞ」

富造が、にやり、とした。

「政吉もあっしも乱暴狼藉《ろうぜき》が大好きな口でして。おおっぴらに暴れられる、こんな折りは滅多にねえ。『ついてくるな』なんてことばは聞こえませんぜ」

「好きにしろ」

「へい。政吉をここで待って、一緒に後を追いまさあ」

浅く腰を屈めた。

錬蔵は、すでに駆けだしている。溝口と小幡が遅れじとつづいた。

錬蔵たちの行く手に黒い影が浮いた。駆け寄ってきたのは、かす、だった。

「なかで物音が。動き出した模様で」

そういって刀の鯉口を切った。

錬蔵は動きを止めることはなかった。奈良屋の木置場は間近だった。

「大斧。大斧で木置場の木戸門の扉を叩き壊せ」

その声に呼応して木置場の傍から次々と人影が湧き出て、木戸門へ群がった。数人が振るう大斧で板一枚の扉がいとも簡単に叩き割られた。

扉を蹴り割って、八木周助が手下の者たちとともに乱入した。

刀を抜き連れた錬蔵たちがつづいた。

行く手に八木が髭《ひげ》づらのやくざ者を引き据えていた。

裏手から松倉たちが駆け入ってくる。裏の木戸門の扉も叩き壊されたのだろう。

手先たちが刺股や鉄熊手、突棒をふるってやくざたちを叩き伏せていた。運んでいたのだろう、木箱の蓋がはずれ、女たちの身の回りの品とおもえるものが散乱していた。

錬蔵が八木のもとへ走り寄った。

「奥に女たちを閉じこめた人足小屋が。観念して案内せい」

髭づらの腕をねじり上げた。

「痛っ。いうとおりにします。勘弁」

顔に似あわぬ、弱々しい声で喘《あえ》いだ。

眼を剝いた五島屋の死骸が土間にころがっていた。胸に匕首が突き立っている。傍らに立った奈良屋が見下ろしていった。

「芸者なんざの御機嫌とりに抜け荷で手に入れた簪をくれてやるから、厄介なことになるんだ。軽い口も命がなくなりゃ動かなくなる。秘密を守るためには殺すのが一番さ」

背後に控える永五郎と後ろ手に縛り上げた安次郎を引き据えた東吉を振り向いた。

「その安次郎という男も早く始末しておくれ。すべてを闇に葬るんだ」

「へい。恋女房の顔を拝ませたら、そのときに引導を渡しまさあ」

東吉が匕首を抜いてみせた。

「五島屋が美濃屋が捕まったと血相変えてやってきたときはびっくりしたよ。動けば鞘番所の思う壺にはまる。行く先はわからないように細工してきた、と聞いたんで一安心さ」

「旦那の匕首の使い方の巧《うま》さにゃ驚きましたぜ。殺しの玄人《くろうと》でもこうはいかねえ」

永五郎がみょうな感心の仕方をした。

「駆け出しの材木商のころ、よく山歩きをした。ならず者に襲われることも度々だった。修羅場を重ねるうちに自然と身についたのさ」

といい、首をかしげた。聞き耳をたてた様子だった。

「何か騒がしくないかい」

「見てきやしょう」

永五郎が踵を返した。

「じゃ、あっしは安次郎に女の顔でも拝ませてやりまさあ。こいつがどんな面して、息を引き取るか楽しみですぜ」

東吉が舌なめずりした。

「好きだね、東吉さんも、人殺しがさ。お美津とかいう女、殺《や》るときも、佐平を殺したときも、どうやって殺そうかと浮き浮きと思案していたそうだね。もっとも身動きがとれなくて手を下したのは永五郎だったが、『楽しみを奪われた』と口惜《くや》しがっていたと聞いたよ」

奈良屋が薄ら笑った。冷酷さが満面に剝き出ていた。

「人が苦しんだり、痛がったりするのを見ると弾むんですよ、こころが。嬉しくなっちまう」

「存分に楽しむがいいさ。わたしは抜け荷の大福帳を、もう一度見直してくるよ」

東吉に背中を向けた。

人足たちが寝泊まりしていたとおもわれる広間の一隅に数十人の女たちがかたまって坐っていた。

木の戸が開けられ、蹴り倒されたのか男がひとり、床に倒れ込んだ。後ろ手に縛られていた。

男が顔を上げた。

安次郎だった。悲痛な声で叫んだ。

「お夕。いたら返事をしてくれ。おれだ。安次郎だ。お夕っ」

人足小屋から出ようとした永五郎の顔が歪んだ。

逃げようと飛び出した永五郎の行く手を阻む者がいた。

「手入れだ」

「てめえは、かすい」

「いまは、深川鞘番所の手の者だ」

「野郎」

永五郎が懐から匕首を抜き、突きかかった。かすいが逆袈裟に刀を振るった。

脇腹を切り裂かれた永五郎が血飛沫《しぶき》をあげて倒れた。

人足小屋に飛び込んだ錬蔵は奥へ向かって走った。

と……。

物陰から匕首が突き出された。紙一重の間で身を躱《かわ》した錬蔵は横薙ぎに刀を払った。よろけながら姿を現わした男の首筋から血が繁吹《しぶ》いていた。絹の小袖に、金糸《きんし》が織りこまれた、やはり絹でできた羽織を身につけていた。贅《ぜい》を尽くした出で立ちからみて、どこぞの大店の主人とおもえた。手に匕首を握りしめている。喉《のど》を切り裂かれた豪商風がふらり、と壁によりかかり、眼を剝いたまま、ずり落ちた。すでに絶命していた。

「奈良屋か」

一瞥した錬蔵は血刀を下げて、さらに走った。

「お夕。お夕はどこだ。いねえのか」

安次郎が目を皿のようにして女たちを見渡した。

「お夕。お夕っ」

背後から匕首を手にした東吉が近寄ってくる。目がきらきらと光っていた。満面を笑み崩していた。

「いねえようだな。金魚の糞《ふん》みてえにくっつきやがって、いろいろと邪魔をしてくれたな。引導渡してやるぜ」

七首を腰だめに安次郎に躍《おど》りかかった。

が、不意に呻いて大きく反《そ》り返った。

脳天から血が噴き上がった。

安次郎が振り向いた。

東吉が、後ろにのけぞって倒れるのがみえた。

その後ろに、大刀を下段に置いた錬蔵がいた。

安次郎は、錬蔵が東吉を幹竹割《からたけわり》に切り伏せたのだ、とさとった。

錬蔵が血刀を振るっていった。

「じっくりお夕を探すがよい。見つかったら、どこへ行くも勝手。できれば、おれがとこへ戻ってこい」

微かに笑みを浮かべ、背中を向けた。

「旦那……」

後を追おうとして安次郎はやめた。是非にも果たさねばならぬことが残っていた。

「お夕、お夕はどこだ」

女たちに呼びかけた。

「お夕さん、呼んでるよ。おまえさんのことじゃないのかい」

その声に安次郎が目を向けた。

ひとりの女が立ち上がった
「おまえさん」

呼びかけて駆け寄った。後ろにまわって安次郎の縄を解いた。

安次郎には何が何だかわからなかった。

見たこともない女だった。

縄を解き、前に回って女がいった。

「おまえさん。おまえさんが、安次郎さんだね」

「そうだ。おめえさんはいったい」

「あたしの名はお夕。安次郎さんの恋女房のお夕さんの亡霊さ」

「お夕の亡霊……」

「これを見ておくれ」

懐から古びた櫛《くし》を取りだし、安次郎の手に押しつけた。

櫛をまじまじと見つめてた。

「これは、この櫛は、おれがはじめてお夕に買ってやった櫛」

「お夕さんはね。一年前、労咳《ろうがい》で息を引き取るとき、安次郎さんが必ず迎えに来る。そのときには、この櫛を、この櫛を渡してと、死に水をとったわたしの手を握って」

「お夕が、お夕が死んだ、死んでいた」

「あたしゃ、その日からお夕と名乗って、おまえさんが、安次郎さんが来るのを待っていたのさ」

「お夕。お夕……」

櫛を見つめる目に濡れたものが浮いた。

「よかった。これであたしも、昔の名に、生まれ落ちたときに親からつけてもらったお時《とき》って名にもどれる。お夕さん、約束は果たしたよ」

お時の目から涙がこぼれ落ちた。それがきっかけとなったかのように安次郎の目から堰《せき》を切ったように涙が溢れ出た。

「お夕っ」

櫛を顔に押しつけ、絶叫した安次郎の呻き声ともおもえる泣き声が暗く、長く尾を引いて響いた。

翌早朝、錬蔵は大刀を打ち振っていた。

ふと、手を止め、薄暮の空を見上げた。

海鳴丸は船手方が出役の船数隻を繰り出すや、にわかに帆を張り碇《いかり》を上げて江戸湾の沖合へ逃れ去っていた。その顚末《てんまつ》を記した、佐々木礼助からの知らせが錬蔵にもたらされていた。

安次郎は帰ってこなかった。

（お夕がみつかったのかもしれぬ）

ふたりで幸せに暮らせ、とのおもいが錬蔵のなかにある。

錬蔵は、再び、刀を正眼にかまえた。

物音が聞こえた気がして、振り返った。

井戸端に安次郎が立っていた。吹っ切れた顔をしていた。

（お夕と会えたのだ）

錬蔵はそうおもった。そのおもいが、

「お夕さんは、どこに」

と問いかけさせた。

「ここに」

安次郎が胸に手を当てた。

「金輪際離れるものじゃございません」

微笑《ほほえ》んだ安次郎の目がわずかに潤んだのを錬蔵は見逃してはいなかった。

「そうか」

短く応えた。発することばが見いだせなかった。

「朝餉の支度にかかりやす」

安次郎が浅く腰を屈めた。

「頼む」

錬蔵は大刀を大上段に構えた。

裂帛《れっぱく》の気合いを発して、一気に振り下ろした。

■取材ノートから■

東京の地下鉄東西《とうざい》線・門前仲町駅でおりると富岡八幡宮が間近である。富岡八幡宮と隣り合うように深川不動尊と永代寺がつらなっている。

富岡八幡宮の後ろには、首都高速九号深川線が無味乾燥とした姿をさらしている。

江戸時代には、この高速道路が走るところに十五間川が流れ、永代寺と富岡八幡宮を囲む形で永木堀などの堀川があった。いまは、この川も埋め立てられ自動車が行き交う道路となっている。

深川は埋め立てによって生まれ、さらなる埋め立てによって、形を変えていった土地である。

そもそも深川という地名も、隅田川の砂州《さす》でしかなかったこの地を干拓した深川八《はち》郎《ろう》右衛門《えもん》の姓『深川』にちなんで、つけられたといわれている。

深川八郎右衛門は摂津《せっつ》（いまの大阪府）生まれとつたえられているが、その経歴は

『永代寺』。富岡八幡宮の神宮寺。江戸の頃は庭園の評判高く山開きには『詣人多くは山開を知りて御影供《みえいく》あるを知らず』(『東都歳時記』)と記されたほど殷賑を極めた。

つまびらかではない。

五代将軍徳川綱吉の治世に本格的に深川の埋め立てがおこなわれた。大橋や永代橋が架けられたのも元禄時代（一六八八～一七〇四）のことだった。それまで永代嶋と呼ばれていた深川がふたつの橋によって江戸御府内《ごふない》と陸続きになったのだ。

寛永二十年（一六四三）、富岡八幡宮の最初の祭礼がおこなわれた。三代将軍徳川家光《いえみつ》の頃である。以後、富岡八幡宮の祭りは『深川の祭礼』と評判を呼び、江戸三大祭の一つとなっていく。

『深川鞘番所』の時代の深川は、海際に洲崎弁天が祀《まつ》られ、平野川と海

『洲崎神社』。町人たちは『洲崎弁天』と呼び、門前に建つ茶屋で船を仕立て船遊びなどを愉しんだ。風光明媚の地であったが今は当時の面影はどこにも見いだせない。

に挟まれた土手道がつらなっていた。晴れた日には海辺から、当時、南総《なんそう》、安房《あわ》と呼ばれていた房総《ぼうそう》半島がのぞめた風光明媚な地であった。が、海に面していた洲崎弁天も、相次ぐ埋め立てにより、いまでは周囲を建物で囲まれた町中の神社と化しており、——風光明媚の欠片《かけら》も見いだせない。

『深川鞘番所』の執筆をおもいたって地下の門前仲町の駅から階段を上って地上へ出たときの驚きといったらなかった。

浅草に代表されるような、いわゆる東京の下町のにおいはかすかに感

深川江戸資料館そばにある江戸時代の深川丼や深川めしの味をつたえる店。江戸情緒を愉しもうと深川を訪ねた折りには話のタネに一度食されるのも一興。

じられた。

古地図をみるかぎり、深川は、町々を細かく区切って堀川が流れている水運の地、というイメージを抱いていたのだが、完全に裏切られた。

あまりの変わり様に、

「多くの堀川がつらなりあう、複雑極《きわ》まる水路と多数の岡場所が点在する入り組んだ陸路。水の道と陸の道を迷路がわりに暗躍する悪人どもと、追う与力、同心たちの戦いを深川を舞台に波瀾万丈《はらんばんじょう》に描く」

という構想そのものに無理があるのではないか、とおもったほどだった。

気を取り直し、地図を片手に川を

求めて歩いた。牡丹町《ぼたんちょう》公園へ向かう。その手前に石島橋が架けられた大横川があった。

大横川は江戸時代の町の様子を詳しく書き記《しる》した岸井良衛《きしいりょうえ》著の『江戸・町づくし稿』によると、

――二十間川

と呼ばれていた、と記されてある。下流を大島川といい、大島町、蛤《はまぐり》町を取り囲むように黒江川と大島川、蜆《しじみ》川、外記《げき》殿《どの》堀（あるいは外記堀）が流れていた。外記殿堀を挟んで蛤町の対岸に黒江町があった。黒江町の名は過去のものとなり門前仲町と変わっているが、この黒江町に地図づくりに偉大な功績を残した伊能忠敬《いのうただたか》の隠宅があった。

いまでは黒江川、蜆川、外記殿堀の三つの堀川は跡形《あとかた》もとどめていない。跡地とおもわれる場所には家屋が建ち並んでいるだけである。

深川らしさをつたえているところはないか、と探してみたら、人工的ではあるが見つかった。

「深川江戸資料館」である。

深川江戸資料館は江東《こうとう》区立の博物館で、江戸時代の深川の様子が撮影所のセットよろしく再現されている。掘割の川辺に置かれた猪牙舟《ちょきぶね》、長屋、露地の風景などが、なかなかいい雰囲気をつくりだしている。

江戸の気分に酔いしれてしまった筆者は、深川江戸資料館のなかの土産《みやげ》物売場で江戸の町火消し、いろは四十八組の纏《まとい》を染め抜いた日本手拭いを買い求め、名前などを書き入れてもらった。

深川江戸資料館は半蔵門《はんぞうもん》線の清澄白河《きよすみしらかわ》駅で下車するとすぐのところにある。江戸情緒を味わいたい向きには、ぜひ一度は見てもらいたい、筆者おすすめの場所だ。

浅蜊《あさり》に蜆、鰻《うなぎ》が深川の名産とされた。

その名残りをつたえる深川丼《どん》を食べさせてくれる店が深川江戸資料館の前にある。深川丼は浅蜊の味噌汁を冷や飯にぶっかけた漁師食がもとになった料理で、浅蜊の炊き込み御飯、深川飯とともに、深川につたわる名物でもある。

食べることが趣味の筆者は深川の取材にでかけるたびに深川飯か深川丼のどちらかを堪能して帰ってくる。何度食べても飽きない理由は、あっさりした、その味わいにあるのだろう。

いまでは取材のために深川へ行くのか、深川丼や深川飯を食べたくて出かけるのか、よくわからなくなっている筆者なのだ。

【参考文献】

『江戸生活事典』三田村鳶魚著　稲垣史生編　青蛙房
『時代風俗考証事典』林美一著　河出書房新社
『江戸町方の制度』石井良助編集　人物往来社
『図録　近世武士生活史入門事典』武士生活研究会編　柏書房
『江戸時代　古地図・古文書で愉しむ　諸国海陸旅案内』人文社
『新修　五街道細見』岸井良衛著　青蛙房
『図録　都市生活史事典』原田伴彦・芳賀登・森谷尅久・熊倉功夫編　柏書房
『復元　江戸生活図鑑』笹間良彦著　柏書房
『絵で見る時代考証百科』名和弓雄著　新人物往来社
『時代考証事典』稲垣史生著　新人物往来社
『長谷川平蔵　その生涯と人足寄場』瀧川政次郎著　中公文庫
『考証　江戸事典』南条範夫・村雨退二郎編　新人物往来社
『江戸老舗地図』江戸文化研究会編　主婦と生活社
『新編　江戸名所図会　～上・中・下～』鈴木棠三・朝倉治彦校註　角川書店

『武芸流派大事典』綿谷雪・山田忠史編　東京コピイ出版部
『図説　江戸町奉行所事典』笹間良彦著　柏書房
『江戸・町づくし稿―上・中・下・別巻―』岸井良衛　青蛙房
『江戸岡場所遊女百姿』花咲一男著　三樹書房
『江戸の盛り場』海野弘著　青土社
『天明五年　天明江戸図』人文社
『嘉永・慶応　江戸切繪圖』人文社

吉田雄亮著作リスト

修羅裁き	裏火盗罪科帖	光文社文庫	平14・10
夜叉裁き	裏火盗罪科帖㈡	光文社文庫	平15・5
繚乱《りようらん》断《だ》ち	仙石隼人探察行	双葉文庫	平15・9
龍神裁き	裏火盗罪科帖㈢	光文社文庫	平16・1
鬼道裁き	裏火盗罪科帖㈣	光文社文庫	平16・9
花魁殺《おいらんさつ》	投込寺闇供養	祥伝社文庫	平17・2
閻魔《えんま》裁き	裏火盗罪科帖㈤	光文社文庫	平17・6
弁天殺《べんてんさつ》	投込寺闇供養㈡	祥伝社文庫	平17・9
観音裁き	裏火盗罪科帖㈥	光文社文庫	平18・6
黄金小町	聞き耳幻八浮世鏡	双葉文庫	平18・11
火怨裁き	裏火盗罪科帖㈦	光文社文庫	平19・4
傾城番附《けいせいばんづけ》	聞き耳幻八浮世鏡	双葉文庫	平19・11
深川鞘《さや》番所		祥伝社文庫	平20・3

深川鞘番所

一〇〇字書評

切り取り線

購買動機（新聞、雑誌名を記入するか、あるいは○をつけてください）

□（　　　　　　）の広告を見て	
□（　　　　　　）の書評を見て	
□ 知人のすすめで	□ タイトルに惹かれて
□ カバーがよかったから	□ 内容が面白そうだから
□ 好きな作家だから	□ 好きな分野の本だから

●最近、最も感銘を受けた作品名をお書きください

●あなたのお好きな作家名をお書きください

●その他、ご要望がありましたらお書きください

住所	〒				
氏名		職業		年齢	
Eメール	※携帯には配信できません	新刊情報等のメール配信を希望する・しない			

あなたにお願い

この本の感想を、編集部までお寄せいただけたらありがたく存じます。今後の企画の参考にさせていただきます。Eメールでも結構です。

いただいた「一〇〇字書評」は、新聞・雑誌等に紹介させていただくことがあります。その場合はお礼として特製図書カードを差し上げます。

前ページの原稿用紙に書評をお書きの上、切り取り、左記までお送り下さい。宛先の住所は不要です。

なお、ご記入いただいたお名前、ご住所等は、書評紹介の事前了解、謝礼のお届けのためだけに利用し、そのほかの目的のために利用することはありません。またそのデータを六カ月を超えて保管することもありませんので、ご安心ください。

〒一〇一−八七〇一
祥伝社文庫編集長　加藤　淳
☎〇三（三二六五）二〇八〇
bunko@shodensha.co.jp

祥伝社文庫

上質のエンターテインメントを！　珠玉のエスプリを！

祥伝社文庫は創刊15周年を迎える2000年を機に、ここに新たな宣言をいたします。いつの世にも変わらない価値観、つまり「豊かな心」「深い知恵」「大きな楽しみ」に満ちた作品を厳選し、次代を拓く書下ろし作品を大胆に起用し、読者の皆様の心に響く文庫を目指します。どうぞご意見、ご希望を編集部までお寄せくださるよう、お願いいたします。

2000年1月1日　　祥伝社文庫編集部

深川鞘番所《ふかがわさやばんしよ》　長編時代小説

平成20年3月20日　初版第1刷発行

著者　吉《よし》田《だ》雄《ゆう》亮《すけ》

発行者　深澤健一

発行所　祥《しよう》伝《でん》社《しや》
東京都千代田区神田神保町3-6-5
九段尚学ビル　〒101-8701
☎03(3265)2081(販売部)
☎03(3265)2080(編集部)
☎03(3265)3622(業務部)

印刷所　堀内印刷

製本所　関川製本

ISBN978-4-396-33420-8 C0193